1/19 2

ZUMBIDO

Juan Cárdenas
ZUMBIDO

PRÓLOGO DE SERGIO CHEJFEC

EDITORIAL PERIFÉRICA

PRIMERA EDICIÓN: septiembre de 2017
DISEÑO DE COLECCIÓN: Julián Rodríguez
MAQUETACIÓN: Grafime

ISBN: 978-84-16291-55-7
DEPÓSITO LEGAL: CC-277-2017
IMPRESIÓN: Kadmos
IMPRESO EN ESPAÑA — PRINTED IN SPAIN

PRÓLOGO A ESTA EDICIÓN
(UNA ETERNIDAD ENCAPSULADA)

Nunca como ahora la idea de zumbido estuvo tan naturalmente asociada a la idea de novela. Muchas veces se ha hablado de la novela como una música, una mirada, una conversación o un monólogo, una teoría, un vuelo, un sueño, etc. En el caso de Juan Cárdenas, no. La novela es un zumbido. Ésta lo es, de él se alimenta, y al serlo de tal sublime manera convierte todas las otras, de ahora en adelante, sobre todo las buenas novelas, en zumbidos también.

La escritura se despliega con los atributos de lo envolvente, y el lector tiene la sensación de someterse a cierto régimen de lo incesante, algo que podría haber estado sonando desde el principio, cuando quiera que ese principio hubiese comenzado, como si se tratara de una eternidad encapsulada pero en expansión. Un fondo de ruidos que sacrifican su consistencia individual para converger en el murmullo de lo colectivo; pequeña y rabiosa muestra de la cual estas páginas son efecto, como si una voz enunciara la novela con voz amplificada, aunque no declamativa, mientras los ambiguos cielos de las ciudades latinoamericanas escuchan.

La novela comienza, lo que ocurre es real en la medida en que parece un gajo más de lo cotidiano, aquello que le pasa a cualquiera, una muerte cercana. Pero no hay desgarro, culpa ni tristeza; hay aturdimiento. El duelo se trastoca en ruido y peripecia, en racionalidad y delirio. Es como si *Zumbido* se escribiera, o se propalara, desde una conciencia sin subjetividad: el precio adecuado para referir los sonidos que presencia, y en segunda instancia para hilvanar las acciones que los producen. Haciendo honor al espíritu del título, toda cosa o realidad carece de textura cuando no produce ruido, y el pasado no existe cuando no puede ser recuperado como sonido.

De ahí quizás la difusa relación que la historia trama con la temporalidad. El tiempo en *Zumbido* es en una mínima parte sucesivo y menos aún acumulativo. Las acciones se organizan según episodios con su propio escenario y temporalidad; sobre todo porque un sentido acotado del tiempo expone a los personajes a una memoria inmediata y efímera, como todo presente.

Novela cuya lectura uno cree escuchar mientras se la lee, también *Zumbido* emite el sonido de la historia; pero no para invocarlo y otorgarle un significado, tampoco para interpretar su moral. La historia es omnipresente y absolutamente legible, también está devaluada —y pese a ello es incomprensible—. La historia sería un ruido que nos lleva a hablar, o sea decir, intercambiar una serie de frases escuchadas, dichas o leídas mientras llegan las próximas, tal como en el libro hacen estos náufragos que cumplen las veces de personajes.

SERGIO CHEJFEC, 2017

Sumurucucu
Sumurucucu
Sumurucucu cucu cucu

The meaningfulness of meaninglessness.

Nicolás Gómez Dávila

I

No pude reprimir las lágrimas, ni esa expresión de intenso dolor que se parece tanto a una carcajada, las arrugas pronunciadas, los ojos sumidos en un apretado abanico de pliegues, la boca bien abierta.

La mujer se acercó a consolarme pero no supo bien cómo hacerlo. No me tocó. Tampoco dijo nada. Sólo se levantó de su silla, al otro lado de la sala de espera, y se sentó junto a mí. Sentí su respiración en mi espalda encorvada, su incapacidad para ensayar un mínimo roce solidario con la punta de los dedos. Estuvimos así durante largos minutos, en un principio estableciendo una comunión intensísima. Pensé en un peine que, con paciencia y disimulo, se carga de electricidad estática para atraer pedacitos de papel. Era casi obscena su manera de no tocarme.

Mis espasmos iniciales se fueron estabilizando poco a poco en un sollozo continuo, más discreto, y al cabo de un rato toda esa energía ya se había transformado en una variante sensual de la abulia. Consciente de que en mi cuerpo sólo quedaban los efectos postreros del intenso dolor expulsado durante el llanto, la mujer se limitaba a esperar.

Por fin, con una sonrisa aliviada, mi rostro, que a todo esto se había metido por sí solo en el cuenco de las manos, salió al encuentro del rostro de la mujer. La bola negra de los ojos era tan grande que prácticamente no dejaba espacio para lo blanco. Me pareció una cosa monstruosa, si bien he de reconocer que ese detalle armonizaba con el resto de sus facciones y les daba un aire que habría podido calificarse de tierno. Luego abrió la boca para decir algo que no entendí y percibí su aliento, un aliento a boca cerrada durante horas, a palabras fermentadas en una saliva estancada y espesa. La reacción de sorpresa no se notó, supongo que gracias a mi gesto todavía medio compungido. Lo sé porque ella continuó exhalando ese horrible olor directamente en mi nariz. Ignoro qué trataba de comunicarme. Sonreía benévola con dientes bonitos y sanos que descartaban la posibilidad de una infección. Más bien parecía algo estomacal, un olor rancio muy similar al que despiden las personas que sufren de úlcera.

En ese momento apareció de nuevo el médico con unos formularios. La mujer aprovechó que yo me atareaba en los papeles para regresar a su silla, en el otro extremo de la sala; tuve la impresión de que le había incomodado que el médico nos hubiera sorprendido intimando, o al menos creí detectar algo de culposo en su manera de apartarse de mí. También me pareció evidente que el médico y ella se conocían de antes.

Durante la siguiente media hora estuve de aquí para allá realizando trámites, intentando en vano prestar atención a las explicaciones del médico. Lo único que entendí fue que tendrían que eliminar cuanto antes los restos de mi hermana por temor a un contagio y que, por tanto, sería imposible realizar un velorio normal. Al día siguiente la compañía funeraria enviaría a la casa de mi hermana una urna con las cenizas. Sentí que me faltaba el aire. Tuve que apoyarme en una pared por unos segundos. Se había hecho la hora de tomar mis píldoras. Bajé a la cafetería de la primera planta y me senté junto a la ventana, sin hallar otra ocupación que la de poner a bailar el frasco de píldoras sobre la mesa. Una muchacha se acercó para atenderme y le pedí una tila sin dejar de mirar mi frasco, que giraba torpemente sobre la base, a punto de perder el equilibrio.

La ventana junto a la mesa daba al patio interior de un pabellón azul, en cuyo centro había un conjunto de arbustos enanos que resplandecían bajo la lluvia. Al otro lado, alargadas figuras blancas se movían por un corredor, algunas de ellas arrastrando camillas o sillas de ruedas. El aguacero iba derritiendo todas esas formas en el cristal pero acentuaba los colores, en especial el verde, todos los verdes del jardín, cosa que suscitaba en mí una rara placidez. Ya no me sentía tan mal, pero igual me tomé las pastillas, una tras otra. Las últimas del frasco.

Me pareció que sería conveniente subir a despedirme del médico y darle las gracias antes de marcharme. Volví a la planta del quirófano, pero no encontré a nadie por los pasillos. Pasé por la sala de espera, también vacía, por los corredores que poco antes había recorrido junto a enfermeras y personal administrativo, por la habitación de mi hermana, vaciada desde hacía menos de una hora. Y nadie. Ni en los mostradores.

Alguien dijo que en momentos como ese la arquitectura asume un protagonismo inusitado: paredes de color azul y luces de neón en el cielorraso que se pierden en un remoto, casi invisible, punto de fuga, nada de ventanas al exterior, sólo larguísimos pasillos y puertas batientes que no se mueven. Lo suficiente para desestimar cualquier propósito definido, lo suficiente para que el cuerpo se entregue a la parálisis o bien a la inercia de un movimiento irreversible y puro. Caminé durante un rato, ganando el fondo de cada corredor para luego girar a derecha o izquierda según me viniera en gana. La soledad de aquel pabellón era tal que parecía ordenada por una fuerza superior. Creí que algo había ocurrido, un incendio o cualquier otra catástrofe que hubiera hecho necesaria la evacuación del edificio. Y cuando esta hipótesis empezaba a cobrar fuerza, apareció un enfermero por una de las puertas batientes.

Empujaba una camilla oxidada cuyos chirridos cubrieron el sonido de sus palabras, de modo que no conseguí entender lo que me dijo.

—Estoy perdido —fue lo que salió de mi boca. Ahora me hallaba lo suficientemente cerca para verle bien la cara. Era un hombre aindiado, recio, con los dientes diminutos. Me pidió que lo siguiera. Mientras caminaba junto a él me reconoció:

—Ah, usted es el… familiar de…

—Soy yo, sí.

—… me sonaba su cara, claro… —Y después de una larga pausa—: Mi más sentido pésame.

El tipo me llevó hasta otra ala del hospital y me señaló un punto remoto del pasillo donde, me dijo, encontraría un mostrador y podría preguntar por el doctor. Avancé en la dirección indicada, sintiendo cómo el chirrido de la camilla y los pasos del enfermero se alejaban a mis espaldas hasta desaparecer en el extremo opuesto del pasillo. Cuando llegué ante el mostrador me encontré con que estaba vacío. De nuevo completamente solo. Esta vez, sin embargo, opté por la parálisis: un archivador, un computador encendido, un cactus gordo en una maceta rellena de piedritas grises, un póster de una enfermera que pone el dedo índice sobre sus labios carnosos para pedir silencio, un teléfono con muchos botones y un pequeño ventilador que había tirado unos cuantos papeles al suelo. Y fue precisamente la visión de esas aspas que giraban inútilmente tratando de espantar el bochorno lo que hizo que me percatara de las gotas de sudor que se escurrían por mi frente. Sobre una mesita llena de carpetas vi una caja de klínex. Entré al mostrador, arranqué decenas de pañuelos de la caja y empecé a secarme con desesperación. Mis axilas también estaban empapadas. Seguí arrancando pañuelos, haciendo pelotas con el papel para metérmelas bajo la camisa.

Al salir del hospital me encontré con el aguacero.

Me había olvidado del aguacero. La calle con un brillo de repostería barata, la gente corriendo, los carros avanzando como en cortejo sobre los charcos profundos llenos de lodo, montoncitos de detritos orgánicos y basura plástica taponando unas alcantarillas completamente desbordadas.

Corrí hasta un paradero de buses situado a pocos metros de la entrada del hospital y me puse a esperar allí a que escampara. Hacía un calor insoportable. La lluvia parecía hervir sobre el pavimento. Las gotas de sudor seguían rodando por mi frente. Vi pasar a un ciclista cubierto hasta los pies con chuspas plásticas en las que reconocí el logotipo de un supermercado. Se detuvo frente a un puesto de frutas, al otro lado de la calle. El puesto estaba tapado con dos grandes paraguas de colores desvaídos. El ciclista se quitó la chuspa que le protegía la cabeza y alcancé a ver que tenía cara de perro. Como esos perros mestizos y chiquitos de pelo corto y con los dientes inferiores asomándole por fuera del hocico. Después de estrecharle la mano al vendedor, agarró un mango gordo con pintas coloradas y le dio un mordisco. El mango parecía muy maduro, así que el jugo debió de escurrírsele por la piel de los cachetes, que tenía pegada al hueso y se le veía muy brillante, con ese pelo gris tan bien peinado y raso. Sonrió amablemente mientras volvía a poner el mango junto al resto de la fruta, antes de volver a cubrirse la cabeza con una de sus incontables chuspas. Luego se perdió por entre el atasco. El vendedor ni se molestó. Agarró el mango mordido y lo tiró al basurero con la mano izquierda a la vez que se santiguaba con la derecha. Una rutina. Debía de suceder todos los días. Y como no escampaba y no pasaba ningún transporte y además no había gente esperando en ese paradero, qué más podía hacer, pensé, qué otra cosa sino salir a la intemperie, buscar una calle menos congestionada, una en la que al menos se movieran los carros y tratar de tomar allí un taxi, un bus. Cualquier cosa con tal de ponerme en movimiento. Con tal de no esperar más y alejarme de ese sucio hospital.

2

Corrí hasta la esquina, doblé a la izquierda. Luego a la derecha, por una carrera estrecha con casas de dos plantas. Luego otra vez a la izquierda, desembocando esta vez en una plaza pequeña con viejos samanes cuyas raíces habían hecho saltar los adoquines. Las hojas eran verdes. De un verde intensísimo. Más que un color, era en realidad un fulgor, un hierro al verde vivo. La fiebre me hacía temblar por dentro con escalofríos. Iba empapado.

Me senté en una banca de madera, apenas protegido por la rama de uno de los árboles. La reverberación del tono de las hojas vistas a contraluz sobre el cielo gris me produjo nauseas. Filtradas por el árbol, las gotas se precipitaban desde las ramas con un ritmo más espaciado que en los claros de la plaza y caían en mi ropa casi de una en una. La tela las chupaba velozmente. Durante la observación de este fenómeno entré en un letargo parecido al que se experimenta en ocasiones frente a la televisión, un estado del cual sólo conseguía salir momentáneamente cuando era sorprendido por una serie de punzadas nerviosas en la espalda. Ignoro cuánto tiempo pasé así, alelado con las gotas, asqueado y a la vez sobrecogido de un modo reverencial por el verdor. Ni siquiera me di cuenta de en qué momento reapareció aquella horrible mujer. De pronto ya se había sentado junto a mí y me echaba el olor a agua de florero en plena cara. Pronunciaba muy rápido, como si tuviera la mandíbula desencajada, pero yo seguía sin entender. Quizás hablaba en otra lengua. De paso confirmé que la bola negra de los ojos seguía siendo desproporcionadamente grande y que no se trataba de una dilatación anormal de las pupilas.

—¿Qué es lo que quiere? —le pregunté. Ella siguió hablando en su idioma, produciendo ruidos que disonaban con su carita blanca de muñeca fina. Tampoco adivinaba las intenciones detrás de las palabras. Al término de una larga oración llena de consonantes, la mujer sonrió y se quedó mirándome en silencio con un gesto angelical. Vomité. Un automatismo, no pude controlarlo. El líquido espeso de color verde estalló contra el suelo y formó un charco inmóvil. La mujer me limpió con un pañuelo que olía a hospital. Quizás su ayuda era desinteresada. Eso pensé. Otra en su lugar se habría largado. Y ese razonamiento precario bastó para que yo me levantara cuando ella hizo una señal que en cualquier lugar significa «sígueme».

Caminé junto a ella bajo un paraguas y atravesamos todo el parque hasta llegar a una esquina donde había un destartalado Renault 4 de color turquesa. La mujer sacó de su bolso un nutrido juego de llaves, abrió la puerta y me hizo otra señal, también muy elocuente, para que entrara en el carro. Al ver que yo no me decidía, volvió a hablar. Intenté descifrar en sus gestos algún indicio del significado. No vi nada amenazante, tampoco algo destinado a persuadirme, apenas una especie de neutralidad, una expresión indiferente que me inspiró confianza. Me subí al carro.

Con el mismo pañuelo con que me había limpiado el vómito, la mujer empezó a secar los cristales empañados.

Caracoleamos muy despacio, yendo y viniendo y volviendo a pasar por las mismas calles. En unos minutos, pese a no tener una noción clara del trazado de las cuadras, logré familiarizarme con varios lugares: una panadería, un puesto de chance vacío con la tiza del tablero de apuestas borrada por el aguacero, una casa pintada de verde azuloso en cuyo balcón ladraba un perro pastor alemán, un antejardín con dos guayabos cargados de frutas y el parque de los samanes. La mujer no subía la velocidad, ni parecía perturbada con ese deambular que no nos conducía a ninguna parte. Supuse que todo era parte de una estrategia para evitar los trancones que habría en ese momento en las avenidas aledañas por culpa de la lluvia, y que la mujer, por tanto, estaría a la espera de encontrar la ruta adecuada. A cada rato los vidrios volvían a empañarse y ella los secaba nuevamente con el pañuelo. De tanto repetir la operación, el parabrisas se llenó de mugre, grasa y manchas concéntricas del líquido verde, cosa que a la mujer no pareció importarle. Abrí un poco la ventanilla para que entrara el aire.

—¿Se siente mejor? —preguntó. Sentí un gran alivio al comprender lo que decía. Me tocó la pierna, imagino que para tranquilizarme, y añadió—: Ya vamos a salir.

Pero no salimos. Seguimos en las mismas, recorriendo las cuatro calles de siempre. Panadería, puesto de chance vacío con la tiza del tablero de apuestas borrada por el aguacero, casa pintada de verde azuloso en cuyo balcón ladraba un perro pastor alemán, parque de los samanes. Al cabo de no sé cuántas vueltas más nos detuvimos frente al antejardín de los guayabos.

—Un segundo —dijo. Se bajó sin apagar el motor.

A través de la ventanilla mojada la vi trepar al árbol para arrancar algunos frutos maduros. Luego se apoyó contra un muro no muy alto para comerse las guayabas que había juntado. Me pareció que comía como si no lo hubiera hecho en semanas, con una desesperación animal. Estaba tan concentrada en esa acción que no le importó que el aguacero le empapara toda la ropa. Tomé el paraguas y salí del carro.

—Están deliciosas —dijo, una vez que ambos estuvimos bien protegidos de la lluvia y apoyados en el muro—. Pruebe una.

Le di un bocado a la fruta. Me pareció deliciosa. Sabía a lo que saben todas las guayabas, pero los matices del sabor estaban muy acentuados. Tenía un dulzor animal, algo definitivamente carnoso, así que empecé yo también a comer como un cerdo, abriendo y cerrando la dentadura con todas mis fuerzas, machacando, triturando y chupándolo todo hasta sentir que en mis carrillos se acumulaba una gran bola de aserrín húmedo que, no obstante, me resultaba imposible tragar. Bebí, eso sí, cuanto jugo pude exprimirle a la fruta. El bagazo lo escupí en el suelo.

Antes de que regresáramos al carro, le pedí a la mujer que subiera una vez más al árbol. Me entregó cuatro guayabas, todas verdes, y me las guardé en el bolsillo del pantalón.

No mucho después y tras una última serie de ritornelos, pudimos por fin tomar una autopista. Imagino que esto se debió al hecho de que, para entonces, el aguacero ya se había transformado en una lluvia tan menudita que uno no sabía bien si estaba ahí o no. Ahora nos desplazábamos a buena velocidad, salpicando indiscriminadamente a los peatones cada vez que el carro pasaba sobre un charco. La mujer mantenía en todo momento la misma expresión neutra, aunque movía los labios, no sé si murmurando algo o cantando. Y así hasta que llegamos a un semáforo, donde tuvimos que parar, con unos cuantos carros más por delante del nuestro. Eché un vistazo a los alrededores.

—No tengo ni idea de dónde estamos —dije.
La boca de la mujer siguió moviéndose, como si rezara en voz muy baja, pero no contestó y eso me hizo sentir incómodo. Tanto que me creí en la obligación de decir cualquier cosa.

—¿No sabe dónde estamos?
Me preocupaba perderme, claro, pero en el fondo estaba tranquilo. Lo único que quería era estar lo más lejos posible del hospital.

—Mire esos edificios —dije señalando una serie de construcciones con las azoteas coronadas por antenas descomunales, los cristales oscuros reflejando el paso lento de los nubarrones grises—. ¿No le suenan de algo?

—No.

Había hecho la pregunta, no tanto para hallar un punto de referencia, sino más bien porque a mí sí me sonaban los edificios. Me parecía haberlos visto en la televisión esa misma mañana.

—¿En serio no le suenan los edificios?

—No tengo ni idea de dónde estamos —contestó.

Luego, al ver que la luz se ponía en verde y que la fila no avanzaba, se puso a tocar la bocina. Algunos de los carros que había alrededor empezaron a imitarla. Se formó un alboroto insoportable y tuve que taparme las orejas con los índices. Me alegró ver que, unos instantes después, el atasco se deshacía con la misma facilidad con la que se había formado. En cuanto volvimos a ponernos en marcha, la mujer giró a la derecha con decisión. Supuse que ya se había orientado, pero me explicó que no, que seguiría en línea recta por aquella gran avenida durante un rato hasta encontrar un sitio que a ella o a mí nos resultara familiar, cosa que me pareció razonable.

En ese momento sentí que volvían los escalofríos. Una leve recaída. Intenté hallar algo de papel seco en las bolas de klínex que tenía metidas en las axilas. Nada. Tiré el papel por la abertura de la ventanilla. Al notar mi creciente desesperación la mujer me dijo que en la guantera había más pañuelos y que, de paso, le alcanzara un sobre de manila. Tuve que revolver entre avioncitos, animales de plástico, un juego de destornilladores, una caja de sombras y paquetes viejos de papitas a medio comer.

Mientras me secaba el sudor, la mujer rasgó el sobre de manila con los dientes, sujetando el volante con una sola mano. Después de escarbar en su interior, sacó un casete atenazándolo entre sus uñas pintadas de esmalte negro.

Metí el casete en la ranura del pasacintas. Empezó a sonar una canción que hablaba de las ventajas de no establecer compromisos sentimentales estables. «Siempre es mejor vivir tan solo aventuras y nada más, vivir tan solo el momento y después volar, libre, como un picaflor.» La canción se apagó poco a poco en la repetición de este estribillo, por eso me acuerdo. Luego sonó una canción que hablaba de otra cosa pero sonaba casi igual. Y luego otra. Hasta que en la mitad de esta última la música se cortó abruptamente, como si alguien hubiera borrado la cinta por accidente. Ella subió el volumen hasta el máximo y se quedó expectante, como diciendo «esta es la parte que más me gusta». Por encima del grave zumbido magnético amplificado se escuchó el ruido de los botones de grabación. Luego una respiración. Una respiración normal. Y nada más durante un rato largo. Sólo el zumbido, discurriendo ahí adentro como un río terso, esbelto, interrumpido muy rara vez por la silueta bien recortada de un crujido. Una mota de polvo, un gránulo microscópico que se transformaba, por efecto del amplificador, en un soberbio estallido, algo tan definido, tan material al oído que los sentidos se confundían por unas milésimas de segundo y aquello parecía producirse en la misma lengua. Casi podían comerse los crujidos que, no obstante, apenas si duraban antes de hundirse en el zumbido, largo y profundo. De repente, no como la piedra que cae sino como algo proveniente del fondo, como si una canoa hundida durante años pudiera volver a ponerse a flote por sí sola, se escuchó un carraspeo humano, una garganta que se despeja, una boca que absorbe el exceso de babas. Y al fin, una voz nasal, como acatarrada.

—*La cosa es así* —dijo la voz. El timbre me resultó familiar. Se parecía a la voz del médico de mi hermana.

Zumbido.

—*La cosa es así. Te lo digo yo, la cosa es así.*

Entonces otra voz, mucho más aguda, una voz de mujer, intervino en la grabación:

—*Dame el número* —dijo.

—*No lo tengo* —contestó la voz del hombre.

—*Entonces, si no lo tenés… si no lo tenés.*

—*Si no lo tengo qué. ¿Ah? Qué.*

—*Si no lo tenés…*

—*No lo tengo.*

—*Dame el número, hijo de treinta mil putas.*

—*No te lo doy.*

—*¡Dame el número!* —chilló la voz de la mujer. Se oyó un ruido de cosas que se caen al suelo y se rompen. Respiraciones agitadas.

—*¿Querés el número?* —El tono era burlón.

—*Dame el número.*

—*¿Querés que te dé el número?*

—*Dámelo* —la voz de la mujer se había amansado de pronto.

—*¿Sabés qué?*

—*Qué.*

—*Que yo no transo con rusas.*

—*No soy rusa. Soy polaca.*

—*¿Como el Papa?*

—*Sí, como el Papa. Como el Papa muerto. Rrrrr.*

—*Seis. Tres. Trrrrrrres.*

Ahora ambos se reían.

—*Dámelo… dámelo, pendejo.*

—*Quiero que seas como el Papa Juan Pablo Número 2, 3, 5, 7. NúmerrrrrrRrrrrr.*

—*¡Dámelo! En serio, idiota, dámelo.*

—*Buena como el Papa. Rrrrr.*

Las voces siguieron durante un rato más. Luego se escuchó el ruido de una puerta y luego nada.

Cuanto más nos alejábamos del hospital sentía que mi salud iba mejorando, que mi cuerpo perdía peso. Avanzamos sin interrupciones durante un buen rato, hasta que tuvimos que parar en un semáforo donde se estaba formando un atasco nuevo. En esas sentí un cosquilleo y vi una cucaracha diminuta andando por el dorso de mi mano. Mi cuerpo entero dio un brinco instintivo.

—Se me están comiendo el carro —dijo la mujer, no sé si para disculparse.

Le di un toquecito al bicho con la punta de los dedos para que cayera al suelo.

Entonces miré por la ventanilla medio empañada porque algo como una sombra en el canto del ojo me había alertado. Era un negro viejo, totalmente empapado y con el torso desnudo. No tenía brazos, era ciego y se movía a trompicones entre los carros. Iba pidiendo limosna con una lata de lubricante atada al cuello. Cuando se arrimó a nuestro carro yo bajé el vidrio y eché en su lata una moneda de mil pesos que encontré en un bolsillo del pantalón.

—Gracias, doctor —dijo. Tenía un tono inteligente, más amable que servil. La voz hacía real algo tan improbable como una vida anterior a la destrucción de su cuerpo. Cerré la ventana. Lo vi alejarse unos metros hacia adelante.

El atasco siguió creciendo. Los carros se acumularon como en un coágulo, a pesar de lo cual sentí un bienestar inusual. Hacía mucho que no me había sentido así, tan liviano, tan capaz de renunciar a cualquier cosa.

Volví a fijarme en lo que ocurría afuera. El negro desarrapado se había parado delante de una camioneta negra con vidrios polarizados, pegando alaridos y saltando, fuera de sí. Y de tanto saltar se le fueron cayendo al suelo las pocas monedas que había conseguido reunir en su lata. El aire desdeñoso de la camioneta, como de persona importante con gafas oscuras, hacía que la escena pareciera cómica. Vi que mucha gente en los otros carros se reía. De hecho, unos jovencitos que iban en un Mazda se asomaron por las ventanillas para animar al negro, que siguió gritando y girando alrededor de la camioneta, cuyo motor empezó a rugir con furia, echando orondos chorros de humo gris por el escape.

Entre tanto, la mujer, ajena a lo que ocurría afuera, se había puesto a arreglarse el flequillo frente al espejo retrovisor.

—¿Qué le pasa a ese hombre? —pregunté.

—No sé, parece que está bailando, ¿no?

—Parece —dije. Y parecía. Giraba, daba un brinquito, se inclinaba, agitaba el culo, meneaba una pierna apoyándola en la punta del pie. Luego daba una vuelta entera alrededor de la camioneta y pegaba un grito que hacía pensar en un mono y un cerdo juntos en el mismo animal.

Se produjo un estruendo.

Era la música romántica que había vuelto a sonar al máximo volumen. La cinta llevaba un buen rato corriendo en silencio. Ella se apresuró a bajar el volumen hasta un nivel aceptable. El susto me había puesto los pelos de punta, pero al final me pareció gracioso. Me reí. La mujer también, a carcajadas. Con lágrimas en los ojos, ella se puso a canturrear. «Quisiera decir, quisiera decir, quisiera decir tu nombre.» Así se acababa la canción, repitiendo ese estribillo. Luego sonó otra, pero como la mujer no se la sabía dejé de prestarle atención.

3

Después de avanzar en línea recta durante un par de horas, la gran avenida se transformó en un bulevar más estrecho y la zona en un barrio residencial venido a menos. Los dos carriles, prácticamente desiertos, estaban separados por una especie de troncal con árboles viejos, pasto sin podar y algunas pequeñas rotondas adornadas por espectrales monumentos que no parecían conmemorar nada relevante. También se veía una que otra fuente inservible llena de agua sucia y mosquitos. Las nubes grises ni siquiera se habían abierto un poco para dejar entrar los últimos rayos de aquel sol pálido, así que la oscuridad de la noche empezó a apoderarse de la ciudad desde una hora poco habitual. Ciertos rincones de la avenida ya se encontraban en penumbra y el alumbrado público no se decidía aún a ponerse en funcionamiento. Lo bueno es que el calor ya no era tan sofocante y tampoco llovía, incluso soplaba una brisa fresca. Algunas de las casas y edificios que había a cada lado de la avenida apenas si lograban disimular, tras rejas o guayacanes florecidos, su estado totalmente ruinoso. Pese a ello, todas las ruinas delataban presencias en el interior: una luz débil, una silueta acodada en una ventana, un perro encadenado, un triciclo, el sonido de una radio en sordina.

Estaba tan cansado que, al ver el letrero de un motel para camioneros en una calle perpendicular a la avenida, propuse que nos desviáramos. Parqueamos el carro frente al letrero. Era un edificio más bien feo y anodino, la única construcción moderna en cientos de metros a la redonda, con las paredes verdosas llenas de letreritos ilegibles y las ventanas sucias. El antejardín tenía tres buenos palos de mango algo doblados por el excesivo peso de las frutas. Los palos producían un ruido atroz, un chisporroteo uniforme y metálico casi ensordecedor. Sonaba como una alarma. A medida que nos acercábamos a la entrada por un caminito de ladrillos, entendí que el ruido no lo producían los árboles sino una bandada de pajaritos de color rojo reunidos entre las ramas para alimentarse y dormir. La mujer les lanzó a los bichos una mirada ansiosa y se puso justo debajo de uno de los palos. Luego empezó a trepar, aferrándose con los muslos al tronco para, a continuación, agarrarse hábilmente a las ramas. Como era de esperar, el ruido producido por los pajaritos dejó de ser uniforme y se hizo mucho más intenso y frenético. Sin embargo, los animales no huyeron despavoridos. Astuta y mañosa, la mujer se quedó inmóvil, erguida sobre una rama durante un buen rato, esperando a que se calmaran. Al cabo de unos minutos el sonido volvió a estabilizarse. Fue entonces cuando ella aprovechó para estirar un brazo delgado y serpenteante, lentísimo, que alcanzó por fin uno de los numerosos nidos. En la punta de los dedos, o más bien, de sus uñas negras, apareció un huevo grisáceo del tamaño de un dedal. La mujer se lo llevó a la boca con un gesto atroz y salvaje que a mí me pareció como la antítesis de la ceremonia de captura previa. Inútil intentar describir los diversos grados de éxtasis que aparecieron reflejados en su cara. Luego repitió la operación e hizo reptar su brazo sobre la corteza de las ramas, sólo que esta vez no se comió el huevo, sino que se levantó la falda y sin mayores esfuerzos, dado que no tenía ropa interior, lo introdujo en su sexo, que en ese momento me pareció demasiado peludo y carnoso. De ahí se puso a agitar las caderas. El huevo triturado derramó su contenido a lo largo de las piernas de la mujer. El placer paralizó todo su cuerpo por un tiempo muy prolongado. Tanto así que unas cuantas hormigas consiguieron escalar hasta sus muslos, atraídas por la dulzura de la yema. Fue esa la primera vez que reparé en su vestimenta, la falda larga de color verde, una blusa negra de manga sisa, el bolso púrpura de cuero sintético y unos tenis para hombre demasiado grandes para sus pies. Imaginé una escena en la que ella despertaba en la cama junto a un basquetbolista y, aprovechando que el tipo dormía como una roca, le robaba las zapatillas antes de salir a hurtadillas de la habitación.

Cuando bajó del árbol su rostro parecía recién lavado y tenía la ropa cubierta de diminutas cagadas de pájaro. Para entonces ya era noche cerrada.

En la recepción del motel nos atendió una señora negra, escuálida y con la cara llena de lunares, vestida con un camisón estampado. Un botones sin uniforme, también negro y demasiado viejo ya para dedicarse a cualquier oficio, nos acompañó hasta la habitación que nos asignó la recepcionista. Subimos por las escaleras hasta la tercera planta. Las puertas de las habitaciones se abrían a un pasillo con barandas que surcaban un enorme patio interior rectangular, en cuyo centro había una piscina de color verde oscuro con trampolín. Nuestra pieza tenía dos ventanas, una que daba a la calle y otra junto a la puerta que dejaba ver el pasillo abarandado y, más al fondo, el patio. El botones encendió las luces del cuarto y nos pidió propina mediante el recurso de quedarse inmóvil junto a la puerta. La mujer le dijo que se la daría más tarde. No hubo protestas.

Una vez que estuvimos a solas en el cuarto nos quitamos la ropa húmeda y la pusimos a secar extendiéndola sobre el suelo. La mujer se metió a la ducha. Yo me acosté en la cama y encendí la televisión. Todos los canales estaban sin señal. Llamé a la recepción para pedir explicaciones pero nadie contestó el teléfono. Apagué el aparato y me aproximé a la ventana que daba al patio. Descorrí un poco la cortina y al ver el pasillo vacío, mal iluminado por unos tubos de neón que despedían un murmullo insidioso, me pregunté por qué la arquitectura de esta ciudad era tan fea. Esas paredes pintadas de colores cremosos, esos marcos de aluminio en puertas y ventanas, esos ventiladores de aspas azules, esas barandas de metal carcomido por el salitre, esos muebles nuevos que hay que cambiar cada dos por tres porque envejecen mal y rápido. Alguien dijo que la arquitectura local tenía un estilo decididamente carcelario o al menos cuartelario: abundancia de rejas, cercados, cadenas, perros, puestos de vigilancia y esos obstáculos que se ponen en algunas calles residenciales para que los carros avancen más despacio… policías acostados, les dicen acá.

—Policías —dije en voz alta. La mujer, que recién salía de la ducha, creyó que hablaba con ella pero no entendió lo que había dicho. Tuve que explicarle que me había sorprendido pensando en voz alta.

Desde mi propio puesto de vigilancia improvisado divisé en el patio a un tipo musculoso que se había puesto a hacer clavados en el trampolín. Cerré la cortina y atravesé la pieza para ir a mirar por la ventana que daba a la calle. Lo que vi me pareció más feo aún que los espacios interiores: una noche oscurísima, el pavimento todavía mojado y la silueta de un perro que se restregaba contra el único poste de luz en decenas de metros a la redonda. La mujer se había metido a la cama y ya roncaba plácidamente. Yo, en cambio, no conciliaba la paz necesaria para transformar mi tremendo cansancio en sueño. Sin televisión no me quedaría más remedio que ver si ocurría algo en la calle. Acerqué una silla a la ventana, apagué la luz de la pieza y me senté a esperar. A medida que se fueron acostumbrando a la oscuridad del exterior, los ojos me revelaron algunos detalles: tres carros abandonados, dos camiones en los que posiblemente habría gente durmiendo, un hombre escarbando en un basurero, varias fachadas borrosas y una pared en la que se adivinaban formas pintadas con el brillo característico de la pintura de aceite bajo la luz artificial.

Tanta quietud hizo que mi ansiedad aumentara. Cualquier atisbo de sueño se había ido de mi cuerpo, si bien el cansancio era casi insufrible. No tardé en empezar a sentir espasmos nerviosos en el cuello y hormigueos en las piernas. Caminé de un lado a otro de la pieza. La mujer roncaba y balbuceaba otra vez en su idioma. Me asomé a la ventana que daba al patio. Ahí seguía el hombre musculoso haciendo los mismos clavados. Me quedé observándolo. El ángulo de la ventana me impedía verlo caer al agua. Sólo alcanzaba a apreciar los primeros instantes del salto, cuando se impulsaba en el trampolín y giraba haciendo un tornillo. El tipo era insistente. Quería hacerlo sin errores. Una y otra vez volvía a subir al trampolín, extendía los brazos hacia arriba, permanecía unos segundos inmóvil, reteniendo el aire en los pulmones. Y saltaba. Entonces lo perdía de vista durante un rato en el que el trampolín se quedaba vacío. Luego volvía a aparecer, trepando por la escalera. Desde ahí adentro tampoco se escuchaba nada. Sentí que me estaba perdiendo de algo, así que me puse sólo los pantalones, todavía mojados, salí de la pieza y me acodé en la baranda. Olía a cloro. El hombre musculoso no reparó en mí y siguió concentrado en lo suyo. Saltar, hundirse en el agua, nadar hasta la orilla, volver al trampolín, prepararse para el salto y saltar. Sin dejar de observar y escuchar los clavados me esculqué los bolsillos. Había sentido un bulto incómodo cerca de la entrepierna. Eran las guayabas que me había dado la mujer un par de horas antes. El descubrimiento me hizo caer en cuenta de que estaba hambriento. ¿Hacía cuanto que no comía bien? Intenté morder una de las frutas pero estaba aún demasiado verde. Se me destemplaron los dientes y el dolor nervioso se extendió por media cara, hasta los pómulos. Aquello fue como una interrupción muy breve de un estado de calma densa que, pensé entonces, era como un medio muy propicio para poner a flotar ideas. Sólo ideas porque los recuerdos carecían de interés y mi mente los apartaba con desdén. Y eso que el estado ruinoso del edificio era una fuente de estímulos para que la memoria se pusiera en marcha. El olor de los productos de limpieza, la piscina o la arquitectura, que remitía a ciertos sitios vacacionales de la infancia, casi cualquier elemento del lugar habría podido generar una evocación muy bien articulada. De hecho, algunas imágenes vagas aparecían como formulaciones involuntarias del tipo «la casa del negro Félix en La Bocana» o «cuando fuimos a nadar al río con mi hermana y Polo». Pero eso era todo. Ninguna evocación completa y bien desarrollada. Obviamente no es que no pudiera recordar. No tenía amnesia. Al contrario, mi memoria funcionaba muy bien y habría podido contar un montón de historias de mi vida si me hubieran obligado a ello. Pero algo en mí rechazaba el trabajo de evocar, de imaginar el pasado y prefería centrarme por completo en lo que se me ofrecía de manera inmediata. El patio, el trampolín, el hombre musculoso, el movimiento del agua durante la repetición incansable del ciclo de saltos, el metal frío de la baranda en mis antebrazos y, de fondo, un olor a cosas fritas: el hambre. Pese a todo ello, después de un buen rato de observación atenta me hice una impresión de conjunto que culminó en un breve recuento de la situación. Pensé en la mujer que dormía en la pieza. Pensé en mí. Pensé en mi hermana. Pensé en el hospital, que ahora parecía tan lejano. Todo se me hizo vagamente triste, aunque desprovisto de interés. Concluí que rechazaba los recuerdos, incluso los más cercanos en el tiempo, porque los consideraba tan ajenos y triviales como cualquiera de mis opiniones. La historia de mi vida era algo anodino, predecible, como cualquier historia repetida hasta la saciedad en las telenovelas. De hecho, todas las historias, no sólo la mía, me parecían igualmente posibles, igualmente verosímiles. Y por tanto, inocuas. Pequeñas y desesperadas apologías del sentido, de cualquier sentido. No es raro hallarse en circunstancias que pueden comprenderse bajo el esquema de argumentos muy manoseados. En mi caso podría mencionar el del tipo, un tipo enfermo que conoce a una muchacha enferma y ambos se escapan y cruzan una frontera, la frontera de la enfermedad. O el argumento de la muchacha cuya enfermedad resulta ser en realidad un enigma luminoso. O el argumento de la ciudad enferma donde la gente enferma se pierde en la enfermedad. En últimas, todas mis expectativas estaban basadas en el hecho de que, mientras viviera y más allá de cualquier historieta, siempre se podría esperar algo de la incertidumbre sobre el porvenir. Noté con alivio que ya no me importaba. O mejor, que no me importaba que no me importara. Pensé en la identidad como en una pequeña fortuna familiar que me hubieran confiado desde niño, una cantidad que yo tendría que haber administrado hábilmente hasta el final de mis días y que, sin embargo, había optado por malgastar hasta la bancarrota. Ahora me dirigía al futuro con los ojos bien abiertos y el corazón lleno de esperanza.

4

Acabé de vestirme con mi ropa mojada y bajé a la primera planta. Quería preguntarle a la recepcionista por la señal de la televisión, pero no había nadie en el mostrador.

Salí a la calle. Después de caminar un buen rato delante de la fachada, me arrimé a uno de los palos de mango. Solo vi las siluetas confundidas de pájaros, hojas y ramas mecidas por un viento suave, todo mal recortado sobre un cielo con nubes espesas de color rosa sucio. El ruido estridente había dado paso a un murmullo nervioso y sobre el círculo de tierra negra que rodeaba el tronco del árbol había un revoltijo de huevitos rotos y mierda. Cuando volvía tropecé con un nido oculto entre la hierba. Al levantarlo del suelo me pareció que brillaba. Me acerqué a un farol para ver mejor. Estaba hecho con diversos tipos de fibras vegetales, barro y ramitas, pero tenía además varios envoltorios de chocolatinas trenzados. De ahí el brillo. El tejido también incluía los restos de un billete de diez mil pesos, cables, trocitos de vidrio, fragmentos de conchas, piedritas y caparazones de insectos.

Me sacó del examen un perro que se puso a olisquear alrededor de los mangos. El animal masticó algo con desgana. Al rato, cuando ya no halló nada que comer por ese lado, se acercó a mí fingiendo sumisión, con un gesto que era también de amenaza, pelando los colmillos mientras meneaba la cola.

No tenía nada que ofrecerle salvo el nido y las guayabas verdes. Puse ambas cosas en el suelo para que él mismo eligiera y me aparté un poco. Alerta a cualquier movimiento, optó por el nido. Las guayabas apenas las olfateó. Mientras se tragaba los últimos trozos le entraron arcadas. Tosió. El tórax huesudo se le contrajo como el fuelle de un acordeón. Al final no vomitó. Luego caminó en dirección a la acera, se volvió un instante meneando la cola como pidiéndome que lo siguiera y desapareció en la oscuridad.

Regresé junto al farol para recoger las guayabas. Me las guardé de vuelta en el bolsillo. El olor a tierra mojada se mezclaba de vez en cuando con el de los gases tóxicos. Eso y el ruido de fondo, denso y difuso, me hizo suponer que nos hallábamos cerca de alguna zona industrial. Pensé entonces que todas esas casas envueltas en sombras habían asumido con humildad la opresión de una fuerza superior que obrara a distancia, como si el ruido industrial fuera una forma de control telepático.

Era un barrio inusual, al menos para mí, acostumbrado como estaba a que los estratos sociales quedaran muy marcados. Aquí se asistía a un movimiento de invasión en el que un sector, que alguna vez fuera residencial y de clase alta, se estaba transformando en un territorio muerto de carga y descarga de mercancías. Sin embargo, esta fuerza invasora no tenía la vitalidad y el entusiasmo que se le supone a las empresas asociadas al progreso. Su influencia se extendía como el óxido, un caserón convertido en taller de mecánica por aquí, un camión por allá, una que otra tienda de repuestos, trozos de caucho quemado por el suelo, algún restaurancito casero donde, imagino, sólo comerían los camioneros. Y por supuesto, el motel. En algún momento alguien se había percatado del proceso y había decidido abrir ese negocio para adaptarse a los nuevos tiempos. Pero las cosas no parecían haber salido conforme a las expectativas, precisamente porque no estábamos ante el clásico ejemplo de lo vivo sustituyendo a lo muerto, sino de algo mucho menos definido: un cadáver que no acaba de desprenderse de su espíritu es invadido por un nuevo fantasma, el fantasma de las industrias fantasmas, una niebla verdosa que se mete por las ventanas rotas. Y el motel allí, como un monumento involuntario de todo eso.

Me quedé mirando en la dirección por la que el perro se había marchado, hacia una de las ruinas de la acera de enfrente. Era una casa azul de una sola planta, ya sin ventanas ni puertas, que parecía una cabeza a la que le hubieran sacado los ojos. Por uno de los cuencos vacíos asomaba la rama de un guamo. Crucé la calle.

La casa ya no tenía tejado, así que se podía ver la masa de vegetación oscura invadiéndolo todo ahí adentro. Me colgué de la rama que salía por la ventana y entré a lo que antes debía de haber sido la sala.

El guamo estaba cargado. Y las guamas, una vez abierta la vaina, despedían un olor dulce. El sabor del recubrimiento algodonoso de la semilla negra me hacía babear. Se me escurrían las babas por las comisuras de los labios en la tarea de despellejar y chupar.

Previendo que más tarde quizá me resultaría difícil encontrar comida, resolví aprovechar para llenarme el estómago. Arranqué una docena de guamas y me acuclillé sobre el embaldosado para comer con calma a la luz del cielo rosa. Poco a poco se fue formando un montículo con las vainas vacías y las pepas negras.

¿Quién era el tipo que estaba comiendo guamas ahí, en medio de una ruina, después de perderse en su propia ciudad con una desconocida? Casi me costaba aceptar que ese tipo fuera yo. Tuve la tentación de salir corriendo a buscar un taxi que me llevara de vuelta a casa. Mi casa. Pero allí todo estaría como hechizado por el acontecimiento. Podía imaginarlo con claridad: las habitaciones repletas de todos esos muebles, las fotos, los diplomas, los cuadros, la ropa, los electrodomésticos. Qué asfixia. La sola idea de pasar la noche solo en mi casa, rodeado de todos esos objetos… El último superviviente dormido entre las reliquias familiares. Ni hablar. Para volver a casa primero debía reunir la energía suficiente para deshacerme de las cosas. De momento había que seguir adelante, sólo adelante.

Cuando terminé de comer fui hasta la pared del fondo para mear. Metí la mano por el agujero de la bragueta. Escarbando mucho encontré una masita contraída y arrugada. Todo ese tiempo de encierro en el hospital me había dejado el sexo marchito. Aun así, sentí que ya empezaba a recuperarse, que era cuestión de esperar a que esa energía que yo creía captar en el aire se acumulara en mi cuerpo.

Escuché ruido de cosas moviéndose entre la maleza. Provenía de la habitación contigua. Me asomé. Al principio no vi nada y pensé que eran ratas, pero mirando con atención descubrí una presencia humana agazapada en un rincón de la pieza, bien escondida detrás de unas plantas que eran como ortigas enormes, muy urticantes al tacto. Incluso creí reconocer unas facciones que se parecían a las del botones del motel, el anciano negro. Debí de decir algo como «pst» o «ey», cualquier cosa de las que se usan para establecer contacto. La silueta no se movió. Insistí. Acumulé frases, carraspeos.

Me acerqué teniendo cuidado de no chuzarme con las plantas, paso a paso. Pronto me di cuenta del engaño. No había nadie. Sólo un agujero, un boquete profundo en el muro al que yo le había puesto forma de persona agazapada.

Saqué una de las guayabas que llevaba en el bolsillo y la arrojé al interior del agujero. Hubo un ruido seco, un único «tuc», como si la fruta hubiera chocado contra una superficie muy dura. Llegué hasta la entrada del hueco y sentí un fuerte olor a basura. Me agaché para meter la mano. Estiré el brazo cuanto pude y no toqué nada. De nuevo, el ruido entre las hojas. Me volví rápidamente. Era el perro, sólo que esta vez ya no hubo diplomacias. Me había emboscado. Se lanzó sobre mí y ambos caímos al hueco hechos un mismo bulto. Rodamos. Sentí sus colmillos rompiéndome la piel de los brazos. Sentí miedo y sentí la presencia de un órgano nuevo que me unía al cuerpo del perro, un órgano que era como una vejiga rellena de odio y que ambos exprimíamos como dos siameses desesperados por escindirse. Su mandíbula ladraba y mordía a la vez en mi cara y en mi brazo. En el abdomen. No podía ver nada. El agujero era muy profundo. Intenté patalear pero fue inútil. El animal se revolvía electrificado y mis pies apenas lo tocaban, imposible agarrarlo. Entonces mi cuerpo imitó al perro. Me agité, me agité como un perro, convulsioné de rabia. Logré abrazarlo. Me perforó la oreja, ladridos. Aguanté el dolor. Lo apreté con todas mis fuerzas por el tórax y sentí el crujido de sus costillas. Seguí apretando. Los colmillos se cerraron unas cuantas veces más en mi cara. Apreté aún más. Me escuchaba a mí mismo sollozar de dolor y de odio. El cuerpo del perro se ablandó de golpe. Como un pescado al que de repente le quitan las espinas sin abrirlo. Dejó de ladrar. Chilló con chillidos cortos. Jadeó y chilló. Tardé un buen rato en soltarlo y al abrir los brazos el animal se quedó echado sobre mi abdomen.

Después de tanto esfuerzo, inmóvil yo también, percibí en mi cuerpo cómo todo el cuerpo del perro se ocupaba meticulosamente en la preparación para la muerte. La renuncia paulatina se volvió pronto un peso. Una temperatura. No era sólo resignación. Había un placer humilde en la conquista final de esa mansedumbre franca, desplegada. Sus últimos resuellos se juntaron al aire que entraba y salía sin parar por mi nariz y mi boca.

Volví al motel. En el mostrador de la recepción me encontré con la señora escuálida, que de inmediato me ofreció su ayuda. Le dije que no hacía falta y ella insistió, alarmada por la sangre. Me dio un trapo limpio, me pidió que me sentara en un sofá de cuero rojo, junto a la entrada, e hizo varias llamadas de teléfono. Cuando colgó me preguntó qué había pasado. Le conté lo del perro. Ella no me escuchó o no me creyó. Dijo que el barrio era muy inseguro, que ahí cerca había un tugurio de casas de cartón donde sólo vivía gente miserable y desalmada. En balde volví a contarle lo ocurrido con el perro, añadiendo algunos detalles. Siguió repitiendo las mismas frases, poniendo mucho énfasis en lo de la gente desalmada y el cartón. Dijo que el verdadero espejo del alma humana eran las casas. También dijo que muchos iban a ese tugurio a comprar drogas y que ese tugurio era en realidad un nido de satánicos. Luego se echó la bendición tantas veces y tan rápido que el gesto de la cruz acabó diluido en un garabato misterioso.

Nos quedamos esperando, ella detrás del mostrador y yo en el sofá de cuero rojo, limpiándome con el trapo cada vez que sentía que una gota rodaba por mi pescuezo.

Al rato me preguntó si quería que llamara a mi amiga. Usó esa palabra, amiga, aunque la soltó sin malicia. Fue más bien un intento de no cometer una imprudencia. Le dije que no hacía falta, que prefería dejarla dormir. Hice lo que pude para sonar simpático y agradecer su gesto de respeto con una sonrisa, aunque dudo que consiguiera hacerle llegar el mensaje. Tal vez por cansancio, mi cuerpo emitía sus señales con una neutralidad que impedía subrayar cualquier sentimiento que no fuera del todo genuino.

En el vano de la puerta apareció un tipo flaco y espigado, con la piel muy blanca y facciones de mulato. Tenía la camisa y los pantalones muy bien planchados.

—Buenas noches. ¿Cómo me le va, doña? —dijo. Venía con otro ritmo, como si lo hubieran sacado de una fiesta para atender la emergencia. Se sentó junto a mí en el sofá. Entonces me di cuenta de que era albino. Un negro albino—. A ver, ¿qué le pasó? —preguntó.

—Me atacó un perro.

—¿Dónde?

Hacía como todos los médicos, que separan al paciente de la voz del paciente.

—Ahí enfrente, en la casa azul. Me metí a comer guamas y el perro me atacó.

—¿Sería el perro del pastor? —dijo el albino interrumpiendo momentáneamente el examen para mirar a la señora con cara de preocupación—. ¿Era un perro gris? ¿Grande? —Esta vez me miró a los ojos por un segundo.

—Sí, grande.

—¿Nervioso?

—Muy nervioso.

—Va a ser el perro del pastor.

La señora y el albino intercambiaron otra mirada grave.

—Venga conmigo —dijo.

Lo seguí a la trastienda, hasta el patio que se veía desde mi pieza. El nadador musculoso ya se había marchado y el agua verde de la piscina ondulaba suavemente. Al llegar al otro extremo el tipo sacó un juego de llaves del bolsillo del pantalón y abrió la puerta de un pasillo mal iluminado que tenía habitaciones a ambos lados. Entramos a una pieza repleta de objetos, papeles, muebles. Costaba moverse entre tanta cosa. Mientras el albino preparaba lo necesario para atenderme, yo me quedé mirando una estantería donde, además de trofeos, medallas y estampitas religiosas, había fotografías enmarcadas en las que aparecía él vestido de uniforme camuflado, solo o junto a otros uniformados. En casi todas sujetaba una ametralladora AK-47. En una de ellas aparecía sonriendo, con las uñas y los dientes pintados de negro, junto a un hombre flaco y alto vestido de traje caro. También vi, esparcidos por toda la habitación, muchísimos casetes. Agarré uno que estaba sobre una cómoda junto a la estantería para leer la etiqueta. Por el lado A decía «Sandro. Leonardo Favio. Alfredo Gutiérrez. Festival en Guararé». Y por el lado B decía «Plegaria de don Lorenzo Carabalí, Timbiquí, 8 de marzo, 1988». Sobre la mesa de noche, iluminada con una veladora roja, había un pequeño fetiche que tenía el aspecto de una robusta mujer campesina, con pollera verde, blusa blanca y los brazos abiertos.

—¿Usted es médico? —le pregunté cuando volvió con un platón lleno de agua caliente y unos trapos limpios.

—No. Enfermero —dijo y se metió de nuevo al baño, de donde salió con un botiquín de primeros auxilios. Luego extendió un plástico transparente sobre la cama—. ¿Tiene miedo? —Parecía de muy buen humor. Como si el efecto de un chiste hubiera perdurado en su ánimo.

—¿Miedo?

—Sí, desconfianza.

—¿Desconfianza de usted?

—Eso.

—No, si me asegura que puede ayudarme, le creo.

—Mejor para usted —dijo, con una risa tonta.

Me pidió que me quitara la camisa y, una vez sentados en el borde de la cama, empezó a limpiarme las heridas con los trapos empapados de agua caliente y alcohol. A continuación sacó una jeringuilla y me aplicó anestesia en el rostro. El efecto fue casi instantáneo. Sentí que mi cabeza medía cuatro veces más. El albino suturó rápidamente las heridas más profundas, en el mentón, en el pómulo izquierdo y en las orejas. Luego se puso con el brazo derecho y los hombros, donde tenía varios mordiscos que también hubo que coser. El proceso no duró más de veinte minutos.

Al final me pidió que me recostara en la cama. Incluso hizo presión en mi pecho con su mano. Yo opuse resistencia y permanecí sentado.

—¿Cuánto es? —pregunté.

—Recuéstese, hombre.

—En serio, quiero saber cuánto le debo.

El albino se levantó, mirándome con una sonrisa socarrona.

—Tendría que echar cuentas y ahora no tengo tiempo.

—Me gustaría saber cuánto tengo que pagar —insistí.

—Pues calcule: entre la anestesia, las suturas, la limpieza, la mano de obra.

—Ya, pero cuánto es.

Era de esas personas que siempre miran a los ojos y saben combinar en el rostro las señales más contradictorias, de modo que resulta muy difícil adivinar lo que están pensando. Hubiera podido apalearlo que el tipo no habría dejado de sonreír.

—Usted dijo que confiaba en mí.

—Y así es.

Se alejó con el platón de agua-sangre, vació el contenido en el inodoro y soltó. Después llenó el lavamanos y dejó los trapos en remojo.

Volvió a sentarse junto a mí en el borde de la cama.

—Le quedó muy bien, mire —dijo, entregándome un espejo redondo que había traído del baño. En efecto, los puntos estaban muy bien hechos pero aún era pronto para saber cómo cicatrizaría.

—¿Sabe una cosa...? —Obligado a postergar el examen, le devolví el espejo y me dispuse a escucharlo—. Hoy es un buen día. Hoy estoy contento —pronunció esas palabras mirando su propio reflejo, atusándose sus rizos rubios. Luego recorrió fugazmente todo el dibujo de su cara y se restregó los ojos con los dedos. Fue el único instante en que vi en él algo que no me pareció fingido: se lo veía excitado o quizás sólo algo nervioso—. Hoy es un buen día. Mejor día que ayer, mejor día, mucho mejor día que ayer... —Obviamente sobraban las interrupciones. A lo sumo cabía asentir levantando las cejas en cada pausa—. Estoy feliz porque... por nada en particular, por nada en particular. Por eso estoy contento. Y eso es lo que cuenta. Que uno esté contento. ¿Y sabe qué, amigo? Váyase tranquilo. Vaya con Dios. Así de contento estoy, como lo oye. Usted se preguntará... ¡Bah!... Váyase tranquilo.

Entonces soltó la gran carcajada y me dio un manotazo en la espalda.

—Gratis —dijo. Abría la boca como si llorara. Le costaba hablar de tanto reírse—. Gratis, amigo.

Una extraña carcajada de negro. Un guiño.

Me acompañó a la puerta y se despidió con un fuerte apretón de manos, sonriendo con dientes un poco más amarillos que su piel.

—Duerma bien. Ah, y vaya al médico que ese perro está podrido. Podrido está ese perro. Si es que estamos hablando del mismo perro.

Las últimas palabras las dijo cuando su puerta ya estaba casi cerrada.

Al salir al patio tuve que recostarme en una tumbona de plástico al borde de la piscina. Estaba muy mareado. Me quedé ahí un rato largo, sintiendo cómo subía y bajaba la fiebre. El agua tableteaba en la orilla y a veces se escuchaban algunas voces provenientes de las habitaciones cerradas. Voces tranquilas, casi arrullos. Alguna tos.

De vuelta en la pieza, muy aturdido por la anestesia, me quité la ropa y volví a extenderla en el suelo. Me metí a la cama. El cuerpo de la mujer desprendía un halo de calor muy intenso. Intenté salir del radio de acción de su temperatura pero la cama no era lo suficientemente ancha. Una llovizna fina, casi vaporosa, empezó a caer en la ventana de la calle. Sentía los huesos molidos aunque seguía sin tener sueño. Cerré los ojos e instantáneamente se desplegó un pensamiento, una especie de historieta. Estaba seguro de no haberme dormido. No era un sueño. Tampoco se trataba de un recuerdo, aunque pude reconocer que todo aquello estaba compuesto a partir de fragmentos que la imaginación, desbocada hacia el futuro pero sin otra materia que el pasado, había sacado de la memoria y reorganizado en un nuevo tejido. Entré a esas imágenes como quien llega tarde a una película. En una pared, oculta entre las macetas de geranios, ya había crecido la vagina. Fascinado con el fenómeno, introducía en ella toda clase de objetos: una llave, un peine, una bola de navidad, un cuchillo. Se celebraba una gran fiesta, con muchos invitados y mucha comida. Algunas parejas bailaban en el centro del patio, bajo la marquesina de vidrio que dejaba filtrar una luz anaranjada, cálida. Finalmente metía el extremo de una madeja de lana roja. La vagina absorbía la lana poco a poco como un espagueti. La vagina decía: *¿Y qué pasa con el resto? ¿Dónde estamos nosotros? Estamos aquí, ¿no?, conviviendo con el hueco. Con el huevo. Empollando el hueco.* La vagina hablaba con una voz nasal, como si la voz estuviera grabada. Me devolvía el huevo cocido de la codorniz y yo regresaba al patio, al otro patio, para introducir el huevo en la vagina que había crecido entre las macetas de geranios. Algunas parejas bailaban en el centro del patio. Llegaba un carro con placas oficiales. Finalmente. El carro de mi papá, negro, enorme y ovalado, los vidrios polarizados. Oficial. El encargado de abrir la puerta del carro era un negro sin brazos con una lata de lubricante atada al cuello. Se celebraba una gran fiesta. No podía abrir la puerta, el negro. Desde adentro empezaban a golpear. Alguien quería salir del huevo negro. Golpeaban. Gritaban. Yo volvía al patio, al otro patio. «Abran la puerta, por favor.» Entonces el negro sin brazos se ponía a bailar alrededor del huevo negro. A bailar y a gritar. *Una llave negra, un peine negro, una bola de navidad negra, un cuchillo blanco.* La vagina comía, decía. Algunas parejas bailaban en el centro del patio. Y de tanto bailar se les caían las pepas de guama al suelo, caían, caían, hasta que se formaban montículos de semillas negras resplandecientes. La vagina decía: *No podía abrir la puerta. Desde adentro empezaban a golpear. Entonces el negro sin brazos se ponía a bailar alrededor del huevo de papá, el negro. Una luz amarillenta y cálida. Oculta entre las macetas de geranios, había crecido una vagina. Yo volvía al patio, al otro patio.* Algunas parejas bailaban en el centro del patio, bajo la marquesina de vidrio que dejaba filtrar una luz amarillenta y cálida. Metía el extremo de una madeja de lana roja. La vagina absorbía la lana poco a poco como un espagueti…

La mujer gimió a mi lado y tuve que abrir los ojos. Se había despertado. Vi el brillo de sus enormes pupilas en la oscuridad. Tosió con la garganta muy seca.

—Agua —dijo.

—¿Quiere agua?

—Agua. Deme agua.

Me levanté. No me hizo falta encender la luz para ir hasta el baño y llenar el vaso. A mi regreso la mujer se había sentado en la cama. Bebió con tanta desesperación que se atrancó.

—¿Todo bien?

Tardó en contestar. Miraba a su alrededor con ojos dilatados.

—Todo bien.

Mi mano atravesó el halo de calor que rodeaba su cuerpo para posarse en la espalda.

—Tiene la piel muy fría —dije. La llovizna seguía tupiendo la ventana, en silencio.

Ella se quedó quieta, con los ojos bien abiertos, abrazándose las rodillas. Le puse la sábana sobre los hombros y empecé a frotarle la espalda para hacerla entrar en calor. A mí, en cambio, no dejaba de escurrirme el sudor por las axilas.

—¿Se siente mejor? —pregunté.

—Estoy bien. Me duele un poco.

—¿Dónde?

—Aquí.

—¿Aquí?

—No, más arriba.

Le sobé justo por debajo de la nuca.

—Yo ya conocía este sitio —dijo.

—¿De verdad?

—Sí, este motel. Yo ya estuve aquí. ¿Le importa si enciendo la luz?

Buscó el interruptor de la lámpara de su mesa de noche. Luego todo se coloreó.

—Sí, es aquí. Yo he estado aquí —confirmó mientras apretaba contra su pecho el extremo de una fina cadena de oro que llevaba colgada al cuello. Entonces se levantó y empezó a caminar de un lado a otro. Se agachó para ver qué había debajo de la cama y esculcó en el armario empotrado, que resultó estar lleno de ropa vieja. Al final entró al baño y se quedó allí adentro revolviendo no sé qué cosas.

—Me mordió un perro —dije subiendo la voz, pero no hubo respuesta. Insistí—: Me mordió un perro.

La escuché mear. Un chorro potente que hizo cantar la porcelana en dos tonos alegres. Me levanté de la cama y me miré en el espejo del tocador. Al examinar de nuevo las cicatrices grité:

—¡Me mordió un perro!… ¡Y me atendió un tipo raro!

—¿Un tipo raro? —contestó por fin, justo antes de tirar de la cadena.

—Sí. Y no me cobró.

—Qué curioso. ¿No le cobró?

Entré al baño. La mujer se disponía a darse una ducha caliente. Cuando me vio la cara hizo una mueca de desagrado.

—Sí, lo sé. Soy un monstruo.

—No me había dado cuenta.

Me senté sobre la tapa del inodoro y mientras ella se duchaba le hice un resumen de lo ocurrido en la ruina y en la habitación del negro albino.

—Me preocupa —dije al final del recuento.

—Qué cosa.

—El tipo. No me gusta. Me parece un hombre violento. Tenía fotos con uniforme camuflado. Creo que ha estado en combate.

—¿Y cómo era el uniforme?

—No sé, camuflado, no me fijé mucho en eso. Lo que me llamó la atención es que tuviera los dientes pintados de negro. Y las uñas también, pintadas de negro.

—Ah, eso. Lo hacían para protegerse de los espíritus de la gente a la que mataban.

—¿No sería sólo camuflaje?

—No, no es camuflaje, es brujería. Son muy supersticiosos. Les pagaban a los brujos porque estaban cansados del acoso de los muertos. Cuando un muerto acosa a una persona es capaz de volverla loca. La persona siente que le tocan la cara, que le hablan en idiomas raros, la persona entra como en un trance en el que está lúcida pero a la vez la vida, las cosas como que se vuelven de chicle. Eso puede hacer un muerto.

—No creo. Para mí que era camuflaje nocturno, así no les veían los dientes por la noche.

—Lo que se sabe es que esta gente le pagaba a los brujos. Y ellos les mandaban a pintarse las uñas y los dientes con betún negro. Y les mandaban a jurar por Satanás.

—No creo —dije.

—Yo tampoco creía —dijo secándose el cuerpo con una toalla blanca—. O sea, ahora sí creo. Antes no. Ahora creo en los muertos. Y creo que la vida se puede volver como los dibujos animados.

—¿Cómo está tan segura?

—Yo veo cómo todo respira. Las cosas respiran. El lavamanos respira y me sonríe. Este desagüe de la tina se abre como una boca. El jabón respira. Todo está vivo. Y el inodoro soporta el peso de su cuerpo poniendo un gesto exageradamente adusto. Todo está vivo.

La mujer suspendió la conversación para secarse la cara y el pelo con una toalla más pequeña. Mi atención se centró entonces en el movimiento de sus senos, entre los cuales distinguí aquello que poco antes había apretado contra su pecho. Era un dije de oro muy feo que tenía un dientecito humano engastado en la parte inferior. Había oído decir que entre las señoras muy pobres era habitual guardar un diente de leche, generalmente del hijo mayor, para mandarse hacer esa clase de dijes, supongo que como amuletos. Y aunque me dio curiosidad, precisamente porque no parecía muy propio de ella, decidí no preguntarle nada. Si uno incita a otra persona a revelar detalles de su pasado cierta reciprocidad se hace inevitable. Tampoco me pareció prudente indagar si ella sabía algo sobre mí. Cualquiera que hubiera sido su respuesta, el simple hecho de preguntar ya habría generado cierto recelo entre los dos. Y si algo apreciaba, si algo me resultaba indispensable en un momento en que nada me resultaba indispensable, era la sensación de confianza que me transmitía la mujer. Una confianza que muy seguramente era mutua y que, yo sabía, dependía en gran medida del silencio y de los sobreentendidos.

—Podríamos ir a dar una vuelta —propuso.

—¿Una vuelta?

—Sí. Por aquí cerca.

Estuve de acuerdo. Igual sabía que no podría dormir. Mejor salir a la calle que quedarme en la cama observando las evoluciones de aquel tapiz de imágenes en el interior de mis párpados.

Me di una ducha larga con agua muy fría. Cuando salí del baño la mujer ya se había puesto un vestido rojo muy ceñido y zapatos de tacón. Se estaba maquillando en el tocador. Sobre la cama me esperaba un apolillado terno negro, unos calzoncillos remendados, una camisa blanca, calcetines y una corbata roja.

5

Afuera las casas se habían quedado prendidas al ruido de fondo como ropa vieja en un alambre y, lánguidas, se descolgaban hasta un lejano muro de sombras rectangulares. No soplaba el viento. La misma inmovilidad, algo más húmeda por cuenta de la llovizna. Un avión silencioso surcó el cielo y lo llenó de guiños brillantes. Caminábamos agarrados del brazo, sin mediar palabra, siguiendo la senda intermitente que nos ofrecían los círculos de luz amarilla del alumbrado público. Los tacones de la mujer resonaban en el piso mojado, marcando el ritmo de lo que me pareció una cálida sensación de extravío. «En un bosque de la China la chinita se perdió, como yo andaba perdido nos encontramos los dos.» Era la letra de una vieja canción infantil. «Junto a la china me senté yo… y ella que sí y yo que no… y ella que no y yo que sí.» En eso pensaba. Ya no hacía tanto calor, de otro modo no habría soportado el terno. La mujer parecía haberse recuperado después del baño. Al menos ya no temblaba de frío y el maquillaje disimulaba su palidez con eficacia. Por esa zona del barrio la ruinosa arquitectura residencial empezaba a ceder ante los lotes baldíos cubiertos de hierba y chatarra. Había también algunos almacenes en desuso. Al pasar junto a ellos podía percibirse un penetrante olor a pelo chamuscado, a ropa podrida por la mugre de los cuerpos salvajes, a perro mojado, a perro asoleado y vuelto a mojar. Y como la calle estaba vacía, la intensidad de esas huellas resultaba desconcertante. Una cadena de efectos sin causas aparentes. La mujer sacó un pañuelo de su bolso y se tapó la nariz con un gesto afectado y displicente.

—¿Todo bien? —le pregunté.

—Este olor me da asco.

Me dio la impresión de que fingía; quizás pretendía resaltar con su mueca que aquel aroma entraba en la categoría de lo nauseabundo pero sin haber sentido un asco instintivo.

—A mí este olor me resulta muy grato —dije.

—A mí no, a mí me da mucho asco —contestó sin dejar de taparse la nariz con el pañuelo.

No sé por qué ese berrinche animal me agradaba tanto y despertaba en mí una extraña voluptuosidad. Sentía algo similar a lo que deben experimentar los gatos cuando se restriegan contra un zapato maloliente. Alguien dijo que lo importante es no distinguir entre los olores del hogar y los olores de la intemperie. Cuando uno sale de su casa y se pierde aparece de pronto la intemperie, que está llena de aromas. Después uno regresa a casa y huele la casa con la nariz de la intemperie. Y la intemperie con la nariz de la casa. El olor del fuego constituye por sí solo una tercera clase de olores. El olor del fuego, dijo alguien, es el único que es olor de casa y olor de intemperie.

—A mí me gusta pensar en el fuego —dije por decir algo—. A veces se producen pequeñas explosiones en la leña, unos chisporroteos y entonces uno se sobresalta. Pero es un sobresalto confortable. ¿No ha sentido eso?

—Sí, pero no con el fuego, sino viendo la televisión en una cama —contestó ella.

Dicho lo cual ambos nos miramos un poco asombrados y nos reímos. Habíamos descubierto, quizás al mismo tiempo, que el contenido de nuestros mensajes nos tenía sin cuidado, que lo importante era simplemente articular esos mensajes de la mejor manera posible, siguiendo unas leyes blandas dictadas por el movimiento de nuestros cuerpos, y ponerlos a flotar como globitos de papel hasta verlos desaparecer en el aire.

—Me gusta que haga tanto calor —dijo, abanicándose con la mano y poniendo en las palabras un retintín que subrayaba su indiferencia hacia el significado.

—A mí también. Igual la noche está fresca —correspondí.

—El viento está muy pegajoso.

—Me gusta el viento pegajoso.

—¿Y te gusta que canten las chinches? —preguntó cuando pasábamos junto a unos almendros—. ¿Te importa si te trato de vos?

—No, lo prefiero.

—¿Te gusta que canten las chinches?

—Sí. Ahora, por ejemplo, me gusta mucho. Además, escuchá… —dije.

Ambos nos quedamos escuchando. Incluso dejamos de andar para evitar el taconeo.

—¿Te das cuenta cómo se adhieren los dos ruidos?

—No —dijo—. Qué ruidos.

—El zumbido más grave, y el canto de las chinches, que es el zumbido más agudo. Escuchá bien.

—Forman un mismo ruido, sí. ¿Y qué será el zumbido grave?

—Suena a una fábrica, ¿no?

—Tenés razón, suena a fábrica. Cuando yo era chiquita mi papá era el gerente de una fábrica de cigarrillos. Vivíamos cerca de la fábrica. Tenés razón.

Seguimos andando. Ella muy erguida y yo medio encorvado.

—¿Cuánta plata tenés? —preguntó de pronto.

—No sé, voy a ver.

En total, contando también las monedas, teníamos cinco mil pesos que el dueño de la ropa se había dejado olvidados en los bolsillos de los pantalones y el saco.

—¿Te das cuenta de lo pobres que somos?

—Me doy cuenta —contesté, reprochándome haber dejado la billetera en el pantalón sucio.

Tengo muchísima hambre.

—Con esto tenemos para algo.

—Hay que encontrar comida. Robarla si es preciso.

—El problema es que por aquí no hay nada. Y además es tarde.

—Es el hambre lo que no nos deja dormir —conjeturó.

—Yo me comí unas guamas antes.

—No quiero guamas. Odio las guamas. Quiero carne. Algo de verdad.

De pronto, la mujer se había puesto muy irritable, de modo que nos limitamos a caminar sin rumbo y en medio de un silencio un poco incómodo.

Al cabo de un rato dejamos atrás aquella zona de almacenes abandonados y entramos a otro barrio residencial muy distinto al del motel. Se trataba de una enorme aglomeración de bloques, todos iguales, cubiertos de humedad, descascarados, algunos en obra negra. Los bloques estaban separados entre sí por zonas verdes en las que había unos cuantos guayabos. En varias ventanas vi macetas con plantas muy bien cuidadas y algunas luces encendidas en el interior de los apartamentos. Resplandores de televisión. También pasamos frente a una cancha de microfútbol con el suelo de cemento y las porterías metálicas, de esas que suenan como un cascabel gigante cuando alguien marca un gol. Nos cruzamos con un vigilante nocturno que iba patrullando el barrio en bicicleta.

—Disculpe —le dijo la mujer. El vigilante se detuvo pero no se bajó de la bicicleta—. ¿Sabe dónde podemos encontrar algo de comer? —preguntó ella.

El tipo nos miró de arriba abajo. Por la ropa debíamos de parecer los vecinos más pudientes de un barrio de clase media-baja, el tipo de gente que acude de vez en cuando a fiestas de gente rica, invitada por sus jefes o amigos más afortunados. Podría decirse que, a diferencia de lo que ocurría en la zona de los almacenes, acá no desentonábamos del todo.

—No, señorita. Por aquí no hay nada abierto. Ya es muy tarde —contestó el vigilante.

—¿Nada? ¿Ni un puesto de perritos calientes?

—Nada. El único sitio donde todavía debe de haber algo abierto es en la feria de la congregación, justo del otro lado de la autopista. Pero ni yo me atrevo a meterme ahí a esta hora.

—¿Dónde? —insistió la mujer.

—En el barrio que está al otro lado de la autopista. Hay que atravesar todo el descampado, allí al lado del caño. Pero eso es muy feo, créanme, todo lleno de basura y de locos. Un tugurio.

—Dígame cómo vamos.

—Mejor salgan a la autopista. De los taxis olvídense. Para ellos todo se acaba en la autopista. Ustedes no son del barrio, ¿no? —El vigilante se había puesto suspicaz, finalmente.

—No.

—¿Y qué hacen por acá, si no es imprudencia?

—Salimos a dar una vuelta —contestó la mujer.

—En realidad, estamos hospedados en un motel por aquí cerca —intervine—. Salimos a buscar algo de comer.

Eso bastó para dejar las cosas en tablas. Después de unas cuantas indicaciones más el vigilante se marchó pedaleando lentamente. Nos quedamos quietos sin saber muy bien qué hacer, viendo cómo el hombre se alejaba calle abajo y doblaba la esquina. Cuando ya lo habíamos perdido de vista, su silbato hinchó el aire un par de veces, dejando al descubierto un silencio reluciente y profundo que traspasó sutilmente todas las cosas. Era algo tan placentero que casi se podía compartir la alegría de las frutas que maduraban con un ritmo enloquecido en los guayabos. Una pandilla de murciélagos revoloteaba alrededor de los árboles. Dentro de los bloques de apartamentos se producían otros ruidos, mucho más espaciados. Platos, cañerías, voces televisadas.

La mujer se puso a recoger las guayabas que había por el suelo, buscando una que no estuviera muy podrida ni sucia. Al final encontró una gorda, bastante blanda. Le dio un mordisco y resultó que estaba llena de gusanitos blancos. A mí me dio asco pero ella igual se la comió.

—¿Te gustan esos gusanitos, no? —le pregunté.

—¿Cuáles gusanitos?

—Los de la guayaba.

—Son larvas de mosca.

—Eso.

—¿Sabés una cosa? —dijo con la mirada perdida en el fondo de la calle.

—Decime.

—Acabo de tener un recuerdo muy bonito.

—¿Un recuerdo tuyo?

—Sí. Mío.

—¿En serio?

—Sí. Cuando yo era chiquita vivía cerca de una fábrica de cigarrillos. Y muy cerca de la fábrica de cigarrillos, muy cerca de mi casa, había un potrero con guayabos. Yo iba al potrero sola. Vivía muy sola. No tenía amigos. Mi única amiga… No recuerdo cómo se llamaba. Pero mi única amiga era la empleada del servicio que trabajaba en mi casa. En realidad no me acuerdo del nombre de mi amiga porque por mi casa pasaban muchas empleadas. Todas eran mis amigas. Lo que pasa es que yo a todas las recuerdo con el cuerpo de una sola, la que no me acuerdo cómo se llamaba, ¿entendés? Y fue ella, la del cuerpo sin nombre, la que me llevó al potrero la primera vez.

—Entiendo.

—La primera. Ella tenía un novio que cuidaba ese potrero. Y el novio era un vigilante que andaba en bicicleta. El tipo se la culeaba en el pasto, delante de mí. Otras veces discutían y él le daba en la espalda con su bolillo de goma. Le dejaba la espalda llena de moretones pero no se atrevía a darle en la cara porque debía de ser muy cobarde. Pero el tipo también vendía helados de palito en el barrio. A veces yo lo veía pasar por mi calle. Tenía una neverita de icopor que siempre llevaba amarrada a la parrilla de la bicicleta y gritaba con una voz delgadita: helados, coco, piña, mango, salpicón… ¿Me entendés?

—¿Y le comprabas helados?

—No. Pero él pasaba y se quedaba mirándome. Un día mi mamá se levantó enojada porque la empleada, la del cuerpo sin nombre, se había ido con el guachimán del potrero y dizque se le había robado no sé qué cosas. Ahí fue cuando yo empecé a ir sola. Comía guayabas y me subía a los árboles. Mi papá fumaba mucho. Le regalaban los cigarrillos en la fábrica. Le regalaban también camisetas con el dibujo de la fábrica, un cóndor con las alas abiertas, ceniceros, vasos. En el potrero, a veces, yo también fumaba. Subida en los árboles me encendía los puchos y me acababa cajetillas enteras.

—¿Y ya no fumás?

—No. Un día, ahí en el potrero, después de haberme fumado cuatro o cinco cajetillas, estaba mareada, iba andando, no sé, dando una vuelta, y vi la neverita de icopor tirada en el pasto.

—La del vigilante.

—Sí, la de los helados.

—¿Y por qué te acordaste de todo esto ahora?

—No sé. Me acordé y punto. Este barrio se parece al barrio donde yo vivía de niña. Las guayabas saben igual a las del potrero. Simplemente me estaba acordando. Y a medida que te lo cuento van apareciendo más recuerdos. Pero me doy cuenta de que esos recuerdos están vacíos. No siento nada mientras los saco a la luz. Esta mañana me encontré en el bolsillo un papelito con un teléfono pero no sé de quién es el número. Esto es igual. Es como tener los datos pero sin un solo sentimiento asociado a ellos. ¿Vos me entendés?

—Supongo que sí.

—Sí, vos me entendés.

Y tal vez tenía razón. A pesar de que en ese momento me encontraba muy lejos de experimentar algo siquiera parecido, creía comprender a qué se refería. Alguien dijo que a veces es posible obtener una revelación, no ya de lo invisible, sino justamente de lo más visible. La revelación de lo obvio. Y cuando una cosa así ocurre, el objeto de la revelación se vuelve tan real, tan objetivo, que se desliga de los sentimientos a los que estaba asociado habitualmente; queda como suspendido en una esfera de conocimiento impersonal. Entonces, dicen, surge con naturalidad una sonrisa liviana y sutil, como la que ponen algunas personas mientras duermen. La mujer, ciertamente, me había contado sus recuerdos sonriendo de ese modo. Y aunque también cabía la posibilidad de que yo estuviera imaginándome todo esto a partir de una impresión errónea —a fin de cuentas no había manera de saber nada con certeza—, su sonrisa liviana prevalecía entre los dos como el testimonio de una comunicación que de lo absoluta resultaba totalmente nula. Y viceversa.

—Creo que viene alguien —dijo la mujer señalando el fondo de la calle.

6

Venía caminando despacio. Luego, al darse cuenta de que lo esperábamos, apretó un poco el paso sin mucha convicción, como si no estuviera muy seguro de querer llegar. Llevaba un bulto entre los brazos, algo de buen tamaño envuelto en una sábana del motel. Se acercó a nosotros con su risa de siempre. Yo tenía miedo. El albino notó la tensión y levantó una mano que pedía tregua.

—Qué elegantes —dijo cuando ya estaba a escasos metros, justo debajo de una farola.

Con toda esa luz sus facciones se desdibujaban un poco. Se me pusieron los pelos de punta porque me pareció como una gran larva de la guayaba.

—¿Para dónde van?

—Vamos para el otro lado de la autopista —se apresuró a contestar la mujer.

—Yo también.

El tipo me miró para ver si yo seguía nervioso y prefirió no avanzar.

—¿Sabe cómo llegar? —preguntó ella.

—Sí, voy casi todos los días a la congregación.

La mujer me tomó del brazo y me palmeó la mano para infundirme calma. Luego esperó a que el albino se pusiera de su lado y empezamos a andar los tres juntos. La posibilidad de que la cosa se resolviera en violencia nos obligó a caminar en silencio.

Ya nos acercábamos a la autopista. El zumbido de la fábrica se iba haciendo más y más intenso. Algún carro pasaba cada tanto estirando un rasguño por el pavimento. El cuerpo del albino y el mío estaban bajo los efectos de la violencia. Pero, ¿qué pasaba con el cuerpo de la mujer? La observé para tratar de hallar algún síntoma. Caminaba mirando hacia el frente, con una media sonrisa en los labios. Parecía contenta, como si fuéramos un grupo de niños de excursión por el bosque. Ni rastro de la violencia. La expresión de sus ojos era de una emoción casi pueril y con su mano derecha apretaba aquel dije horrible con el diente de niño. Se diría que lo que animaba su cuerpo era más bien el fervor. Me entró risa. Una niña mongólica custodiada por dos diablos blancos.

Miré al albino con disimulo. Caminaba como un soldado, marchando rítmicamente, aferrado a su bulto blanco como a una escopeta. A todo esto no se me había ocurrido fijarme en el bulto y al ver las patas que se habían abierto paso entre los pliegues de la sábana me estremecí. El albino se percató. Lo que hizo a continuación me desconcertó aún más: me miró con cara de condenado a muerte que pide clemencia y apretó al perro contra su pecho.

—¿Y eso…? —dije. Una pregunta estúpida que no tuvo necesidad de responder. La mujer había seguido el cruce de miradas con cierta inquietud.

—Me costó encontrarlo —dijo el albino.

—Quizás olvidé mencionarle lo del huevo.

—¿Qué huevo?

—El hueco, el hueco donde caí forcejeando con el perro.

—Sí, ahí estaba.

—Pobre animal… —dijo la mujer. Y sin dejar de sonreír beatíficamente, posó su mano sobre la sábana.

La calle se abrió por fin a una hondonada suave y muy amplia desde cuya cima se podía apreciar todo el paisaje circundante. En lo más profundo de aquel valle discurría la gran autopista rodeada de edificios. Al otro lado se veían los muros pintarrajeados de la fábrica, las enormes chimeneas, las naves industriales, los torreones de vigilancia que le daban a todo el conjunto el aspecto de una cárcel de máxima seguridad. A espaldas de la fábrica había un barrizal extensísimo salpicado por la luz de decenas de fogatas. Y atrás de todo eso, extendiéndose mucho más allá de una zona remota donde la montaña ondulaba hasta tres veces antes de hacerse muy escarpada, más allá del alcance de nuestra vista, un barrio. O mejor, una ciudad. Una ciudad que realmente parecía toda hecha de cartón, de zinc. Una ciudad construida con materiales de desecho.

Aquí el zumbido de la fábrica ya era muy grave. Otro en mi lugar, o yo mismo en unas circunstancias diferentes, habría dicho que el zumbido propagaba una atmósfera solemne, que era una banda sonora más que adecuada a la imponente aparición de aquel paisaje. Pero el zumbido en realidad no representaba nada. Tampoco tenía un valor simbólico ni era una metáfora. El zumbido no era más que un zumbido, así como el recuerdo de la mujer no era más que un recuerdo. Su único valor, si es que tenía alguno, radicaba en su misma presencia. Era algo a lo que sólo se podía asistir con el cuerpo. Algo que hacía vibrar el aire y se te metía a los pulmones, de modo que acababas respirándolo antes de que entrara al torrente sanguíneo. Algo, en fin, incomunicable. Como todo lo demás.

Descendimos por la pendiente, metiéndonos de lleno en la hondonada. El albino empezó a silbar. El perro o el paisaje habían conseguido apaciguarnos a ambos.

De pronto, la mujer señaló con el índice uno de los edificios que se alzaban a los costados de la avenida. Conté ocho ventanas iluminadas. En una de ellas se agitaban bultos oscuros detrás de unas cortinas blancas. Al pasar junto a la puerta vi una placa metálica que decía Edificio Calima VI. Me dio risa pensar que en la ciudad habría al menos otros cinco edificios tan horribles como ese. El albino dejó de silbar cuando la mujer se acercó a la puerta tras subir por unas escaleras de concreto bastante agrietadas en las que ya había empezado a crecer un poco de pasto. Después de hacernos una seña para que la esperáramos, la mujer llamó al intercomunicador. Pasaron unos segundos y nadie contestó. Ella insistió. Dos, tres veces más. Entonces salió un vigilante con uniforme y le preguntó qué quería. La mujer no supo qué contestar. El vigilante nos miró con algo de inquietud y se llevó la mano al cinto.

—¿Adónde va la señorita? —repitió. Y como ella permaneció muda, el vigilante se dirigió a nosotros—: ¿Qué se les ofrece?

Tampoco nosotros supimos qué decirle. Yo le pedí a la mujer que nos fuéramos y justo en ese momento se escuchó una voz adormilada brotando del intercomunicador.

—*¿Aló?*

—¿Aló? —dijo la mujer.

—*¿Quién es?*

—Soy yo.

—*¿Quién?*

—Yo, soy yo. Quién más va a ser.

—*Ah, sos vos. ¿Qué hacés aquí a esta hora? Dejame dormir.*

—Quiero entrar. Tengo hambre.

Se escuchó un suspiro largo.

—*¿Venís sola?*

—No.

Otro suspiro, esta vez más corto. Y un silencio largo. La cara de idiota del vigilante.

—*¿Vos creés que podés venir a las tantas de la madrugada a pedirme comida? ¿Qué te creés que soy yo? ¿Tu papá? Encima venís con quién sabe quién. ¡A mí me respetás, haceme el favor!*

—Tenemos hambre. Estamos en la calle.

—*¡No me importa! Yo no soy tu papá.*

—¡Hambre, hambre, hambre, hambre!

—*¡Largate! ¡Haceme el favor de largarte ya mismo!*

—¡Abrime! ¡Tengo hambre! ¡Soy yo, por favor, soy yo!

—¿Quién? ¿Quién es?

—Yo.

—¿Yo? Sólo sos yo cuando tenés hambre. Cuando no tenés hambre sos cualquiera.

—Pero es que tener hambre es horrible. Vos no sabés.

—¿Qué? No tenés ni idea del hambre que yo he pasado en la vida, estúpida. Cretina. ¡Puta subdesarrollada! ¡India! ¡India sucia!

—¡Tenemos hambre! —gritó la mujer ya fuera de sí.

—¡Bah!

Fue lo último que dijo la voz. Luego sólo se escuchó cómo colgaba el telefonillo.

Tuve que subir las escaleras y arrastrar a la mujer hasta la acera. El vigilante volvió a meterse al edificio y al cerrar la puerta acristalada se quedó observándonos del otro lado mientras el albino y yo intentábamos calmar a la mujer, que no paraba de repetir la palabra «hambre». Al final, como era imposible hacer que dejara de lamentarse y sollozar, la obligué a sentarse en el borde de la acera. Me acuclillé frente a ella y le acaricié la cabeza.

—Ya no se puede contar con nadie. Estoy sola —dijo agarrándose la cara entre las manos.

—Todos estamos solos —contestó el albino.

—Yo estoy más sola que nadie. Soy como un fantasma. Nadie me ve. Nadie me escucha.

—Nosotros te vemos y te escuchamos.

—Pero eso no me sirve de nada —respondió ella—. Ustedes también son fantasmas.

El albino se echó a reír. Yo me lo pensé dos veces, pero acabé siguiéndolo. La mujer, en cambio, sollozaba como una niña.

—¡Siempre sale con alguna! —alcancé a entender que decía el negro entre las carcajadas—. ¡Fantasmas hambrientos!

—¿Y el perro? —pregunté intentando prolongar la broma, pero la mujer estaba demasiado enfadada para contestar.

El vigilante seguía como una estatua detrás de la puerta acristalada, creo que mirando al albino. Sólo los negros pueden reírse así.

Un rato después ya bordeábamos los muros de la fábrica, uno detrás del otro porque la acera era muy estrecha. El albino iba adelante y cuando pasábamos junto a una de las torres de vigilancia produjo un silbido muy bonito, como de pájaro. Un ruido lleno de colores tan bien definidos que, pese a ser muy agudos, no me resultaron estridentes. Al contrario, el dibujo salió esbelto de su boca, surcó toda la hondonada y antes de dispersarse en el eco, se demoró en el ánimo de un modo tan dulce que me hizo pensar en un mantel en el que se derramara un vaso de vino.

Desde la torre de vigilancia alguien le contestó con un silbido similar. Tras escuchar la respuesta, el negro volvió a silbar, variando ligeramente la melodía inicial. Hubo un instante en el que la cosa parecía zanjada. El negro se giró un poco para enseñarnos los dientes con aire satisfecho. Sin embargo, desde la torre de vigilancia salió disparado otro silbido, quizás demasiado sofisticado, lleno de ribetes y adornos; a lo que el negro, hábilmente, se opuso con un trino sencillo y muy extenso. La música se abrió en la noche como la cremallera de un vestido. Esto último debió de parecerle muy obsceno al de la torre porque de inmediato se puso a hacer el mismo trino, sólo que en sentido inverso y a una velocidad mucho más reducida. El negro contraatacó con una serie de tres arpegios disonantes en distintos tonos. Repitió la serie tres veces, dejando silencios más o menos largos entre cada una.

El de la torre no se dio por vencido. En este punto optó por quedarse en la misma nota, alargándola lo suficiente para que se notara la pulcritud de su técnica. El negro probó solapando notas cortas y agudas que se fueron clavando sobre la nota larga como banderillas en un toro. Y justo cuando parecía que la disputa se alargaría un buen rato, se escuchó el lastimero aullido de un perro. Las carcajadas en ambos bandos fueron inevitables.

—Adiós, mono —gritaron finalmente desde la torre.

El albino, que seguía riéndose, tardó un poco en contestar:

—Esto no se queda así.

—Mañana veremos.

—Eso digo yo —amenazó el negro. El aullido del perro no cesó durante un buen rato.

Seguimos avanzando pegados al muro. Varios metros más adelante el albino se detuvo.

—¿Le importaría llevar al perro? —me preguntó—. Sólo un poco, hasta que yo descanse los brazos.

No me importaba. El albino me pasó el bulto con cuidado. Después de lo ocurrido a las puertas del edificio Calima VI la mujer se había puesto taciturna e iba un poco rezagada, mirando al suelo. Obviamente no quería que la molestaran.

—¿Hablan con silbidos? —le pregunté al albino para darle charla.

—No exactamente. No lo hacemos para decir cosas, si es a lo que se refiere.

—¿Entonces?

—No nos hace falta tener un motivo. Por divertirnos si acaso. No sé, es de noche, él se aburre ahí en la torre y a mí me gusta silbar.

—Silba muy bien.

—Gracias. Lo más chistoso es que nunca nos hemos visto a la cara. Desde esa altura y con la poca luz que hay el tipo debe de pensar que soy rubio. Por eso me grita lo de «mono». Para mí él es sólo una sombra abajo de la gorrita del uniforme.

—Ha sido impresionante.

—Practicamos mucho.

—¿Pasa siempre por aquí?

—Todas las noches, a la ida y a la vuelta de la congregación. Soy muy devoto. ¿Usted es devoto?

—No sé. Depende.

—Yo creo mucho. Yo tengo fe. La fe lo es todo. Creer sólo por la promesa, esperando recompensas y perdones es cosa de melindrosos, de hipócritas. La única recompensa es la propia fe. ¿Usted tiene fe?

—Es lo único que tengo, fe, aunque no sé en qué.

—Por algo se empieza. La fe mueve montañas. Pero la fe es una montaña inamovible. Eso dice siempre el pastor.

—¿El dueño del perro?

—El mismo. Ahorita lo va a conocer. Hombre santo donde los haya. Y qué terribles palabras: «la fe mueve montañas pero la fe es una montaña inamovible». Piénselo bien. Yo tiemblo ante la sabiduría que encierran esas palabras. Y tiemblo porque esas palabras, aunque uno las entienda, aunque sean muy claras y sencillas, son imposibles de explicar si uno no ha sentido la fe. La fe es un temblor y el temblor es la fe.

—Yo no tiemblo, justamente gracias a la fe no tiemblo.

—No sé si envidiarlo o invitarlo a corregirse.

—¿Por qué dice eso?

—Lo digo porque yo a veces me despierto sudando en plena noche y no me reconozco, no sé quién soy ni cómo he ido a parar a esa pieza del motel en la que vivo, por más que mire mis cosas, que entonces me parecen ajenas, las pertenencias de otro al que yo le he usurpado la vida. Y todo por el temblor.

—Comprendo bien a qué se refiere. A mí me sucede algo parecido. También sudo mucho y, ahora que lo pienso, esta misma tarde estaba temblando como si tuviera el mal de San Vito. Aunque no creo que fuera por la fe, sino por algo en el clima.

El albino se quedó pensativo durante un momento.

—Nadie sabe dónde termina la fe y dónde empieza el clima —opinó.

Le di vueltas a lo que había dicho y concluí que aquel hombre jugaba con las palabras tal como lo hacía con los silbidos, lo cual, desde luego, no impedía que sus reflexiones —y posiblemente hasta sus silbidos— formaran parte de una religiosidad auténtica.

—¿Y esto del perro? —le pregunté porque de pronto me sentía muy cansado con el bulto en los brazos. El negro tenía que ser un hombre fuerte para haber soportado esa carga durante tanto tiempo.

—Lo del perro tiene su historia. Anteayer deshonró la capilla.

—¿Deshonró?

—Sí, una deshonra. Las deshonras son tres, pero hay una infinidad de cosas que se pueden considerar deshonras.

—No estoy familiarizado con asuntos religiosos, disculpe mi ignorancia.

—En nuestro culto se considera deshonroso mentir, torturar y robar. Eso es, digamos, lo básico. Pero además hay cientos y cientos de cosas que se pueden considerar deshonras.

—¿Y qué fue lo que hizo el perro?

—Bueno, nadie sabe muy bien. Algunos dicen que se cagó en el altar, otros dicen que se puso a fornicar en el altar. Lo que se sabe es que la cosa fue en el altar. El día que ocurrió avisaron por los altoparlantes que hay regados por todo el barrio. Pero no dijeron qué fue lo que hizo exactamente el perro para deshonrar a la congregación. Eso sí, el animal supo que la fechoría era muy grave y se borró. El pastor ordenó que lo encontráramos, vivo o muerto. Hasta hoy nadie lo había visto siquiera.

—A mí se me acercó como si nada. Al principio al menos.

—Normal, no lo conocía.

—Luego me emboscó.

—Como le digo, lo que sabemos con seguridad es que la deshonra fue en el altar. El pastor tiene muchos perros, pero ninguno se atreve a acercarse al altar, porque el altar es sagrado y los animales saben esas cosas. No importa que usted las deje sueltas, las bestias saben comportarse cuando hay algo sagrado porque ellas mismas son sagradas. Todos somos sagrados, sólo que los animales no han perdido el vínculo con lo sagrado que cada ser vivo lleva dentro de sí. Los hombres en algún momento perdimos ese vínculo. Hay una brecha entre nosotros y lo sagrado que tenemos dentro. Algunas religiones conciben esa separación como un laberinto por el que es preciso errar en busca de la salida. Otras se complacen en la brecha, se revuelcan en ella y encuentran una maravilla que hayamos perdido el camino hacia lo sagrado. La nuestra antes se comportaba como una religión del segundo tipo y ahora como una del primero. No sé si me explico. A mí en lo particular no me agrada creer que el vínculo con Dios se ha roto para siempre.

El albino se giró para mirarme, intentando que yo refrendara su opinión. Me encogí de hombros. No tenía nada que aportar a su discurso.

—Resumiendo, diré que este perro era distinto. Mordía a los niños, a los otros perros, robaba comida de las casas. Nadie sabe de dónde vino. Un día ya estaba por allí, como una aparición, merodeando por el basural, siempre solo, masticando cualquier cosa. El pastor lo adoptó como suyo, a pesar de que era un perro maligno. De buena gana lo habríamos sacrificado en el altar, pero ya hace años que nuestro culto abolió esos ritos. Además al pastor no le gusta que le toquen a sus perros. Entonces fue que no lo matamos pero intentamos echarlo. Un día un vecino del barrio que trabaja reciclando plástico se lo llevó en su carreta y lo dejó tirado al otro lado de la ciudad. El perro volvió a los pocos días, más malo que nunca. Se ve que había aprendido nuevas mañas. Hacía lo que quería. Fornicaba como un poseso y hasta se comía a sus propias crías el muy demonio. Yo jamás había visto una cosa así.

—Raro.

—Rarísimo. Pero Satanás es muy hábil y tiene muchos trucos. Ese perro no era de este mundo. Entraba y salía del infierno como Pedro por su casa.

El albino se santiguó.

—A veces, cuando alguien encendía una fogata para quemar la basura, el animal se metía corriendo a las llamas y desaparecía por unas horas. Daba escalofrío verlo.

Nos detuvimos justo al final del gigantesco muro de la fábrica, al pie del barrizal que antes había visto desde la cima de la hondonada. El albino encendió medio cigarrillo que sacó del bolsillo de su camisa. Aprovechamos para esperar a la mujer, que se había quedado muy atrás.

—¿Fuma? —me preguntó.

—No, gracias, hace mucho calor.

Pensativo, echó varias bocanadas al aire. Todas se habían disipado cuando la mujer, todavía apesadumbrada, llegó hasta donde estábamos. El albino amagó con decir algo, supongo que para animar a la mujer, pero desistió. Arrojó la colilla cuando ya nos internábamos en el gran barrizal, a la luz de las decenas de fogatas que despedían un fuerte olor a basura quemada. Me aterró llevar al perro en brazos después de conocer la historia y así se lo hice saber al albino.

—Tenía que venir alguien no creyente —contestó—. Alguien de fuera de la comunidad sería el encargado de hacer el trabajo. Todo está lleno de malos presagios. La semana pasada el río bajó crecido y algunos vecinos se quedaron sin casa. Afortunadamente no hubo ninguna muerte que lamentar, aparte de unas cuantas vacas y un burro que se ahogaron en la riada. El invierno está más feo que otros años. Luego vino esto del perro. Justo ahora que estamos en época de feria. Da mala espina.

—Entonces he sido oportuno.

—No sabe cuánto. De algún modo yo sabía, estaba escrito que sería alguien ajeno a la comunidad, alguien de afuera el que viniera a solucionar el problema del perro.

—¿De verdad?

—Bueno, no estaba escrito, es una forma de hablar. Pero es casi seguro que esto entrará a formar parte de nuestros evangelios. Si usted nos colabora, claro. Una de nuestras tareas consiste justamente en ampliar los evangelios. Es lo que conocemos como «El cristianismo en marcha».

—No sé de qué me habla. Perdone.

—Incorporamos historias nuevas. Sólo que no las escribimos porque consideramos que el acto de escribir ahonda la brecha que nos separa de Dios. Nos limitamos a grabarlo todo en casetes.

Nuevas historias, como las de la Biblia. Parábolas, sobre todo, pero también hay muchas oraciones, rezos, plegarias. Y hay revelaciones y lecciones que reciben nuestros feligreses. Algunas son anécdotas de los vecinos. Otras son canciones, canciones tristes, alegres, canciones de fiesta, como los salmos. Muchas son historias de cómo se formó el barrio. Hay también historias que la gente recuerda haber oído en sus lugares de origen, porque, claro, la mayoría no nacieron aquí. Casi todos vinieron huyendo de otros sitios. Yo mismo soy fuereño. Vengo de muy lejos y aquí conservo mi único tesoro que es la vida. Estoy vivo. Y le doy gracias a Dios todos los días por estar vivo. Gracias a Dios que me ayudó tantas veces a burlar la muerte. Gracias a mi Señor estoy vivo. Gloria a Dios. Viva la vida. Gloria a Dios. Vida la vida viva en todos nosotros. Gloria a Dios, que con su fuerza hace posible el temblor.

7

Cada vivienda estiraba su propio cable hambriento hacia los escasos seis o siete postes de luz a la redonda. En cada uno, el amasijo de cables formaba una crisálida del tamaño de un ternero que acababa asfixiando los transformadores. Esos cables desnutridos iban y venían frente a las fachadas, apretujadas como rostros en una multitud. Las casas se apeñuscaban, hechas de todos los materiales imaginables, se trepaban unas sobre otras, subían y bajaban por los distintos pliegues de la montaña en un juego de alturas y planos superpuestos. Asomadas a las ventanas, otras caras, casi todas en sombras.

Un niño nos preguntó desde la acera si íbamos a la feria y el albino movió afirmativamente la cabeza. El niño se lanzó a correr detrás de nosotros. Muchos lo siguieron y en menos de cuatro o cinco cuadras ya nos había salido una especie de velo nupcial viviente.

Anduvimos por la que debía de ser una de las calles principales. Estaba llena de gente que se nos cruzaba por el camino y había varias tiendas abiertas, a cuyas puertas se veían hombres mayores sentados sobre bultos de café, bebiendo aguardiente o conversando. Las mosquitas revoloteaban entre los racimos de plátano verde guindados en los dinteles. El aire húmedo iba arrastrando un bolero que salía espeso de una cantina. La mayoría dejaba lo que estuviera haciendo para vernos pasar.

—¡Epa! —saludaron desde una ventana.

—Traemos al perro —contestó, parco, el albino.

La persona que había preguntado se quedó con la boca abierta. Era una jovencita un poco obesa, con los ojos en forma de almendra.

—Voy con ustedes —dijo.

La esperamos unos segundos hasta que salió por la puerta de su casa, caminando con ese balanceo que tiene la gente gorda. Su aspecto era sencillamente estrambótico. Llevaba una camiseta vieja llena de rotos e imperdibles, minifalda de cuero, botas y un collar de perro con taches metálicos. Tenía la piel de los brazos cubierta de tatuajes con formas geométricas y el pelo corto untado de una pasta de color naranja similar al achiote.

Nos dio las buenas noches y se acercó a mí para curiosear en el bulto que llevaba en brazos. Apartó la sábana con uno de sus dedotes.

—Satanás —dijo arrugando la nariz. Fue como si le hubiera crecido un ombligo en medio de los enormes cachetes, donde también llevaba dos piercings que por momentos quedaban ocultos entre los pliegues. Parodiados por el lugar, por aquel cuerpo (los ojos achinados y oscuros, la perfecta naricita de gancho, la piel tostada), todos esos signos punk perdían buena parte de su sentido original y quedaban abiertos para recibir cualquier asociación: tribu guerrera perdida, tapires, hogueras, yopo…

—¿Y usted? ¿Es de la orquesta? —me preguntó ella examinando mi ropa.

—Aquí mi amigo fue el que mató al perro —se adelantó el albino.

La gordita volvió a abrir la boca con asombro.

—Tengo hambre —dijo la mujer inopinadamente, mirándola de arriba abajo como si se la quisiera comer.

—En la feria nos podemos atiborrar de comida. Ahí conozco a todo el mundo —dijo el albino.

Seguimos andando calle arriba. A cada rato teníamos que parar porque la gorda se cansaba pronto y la respiración se le llenaba de silbidos, cosa que hacía reír a los niños. Afortunadamente pasó una carreta tirada por dos caballos blancos muy viejos. El propio carretero se ofreció a llevarnos. Los niños tuvieron que seguirnos a pie.

Llegamos a la explanada donde se había montado la feria, que consistía en unas cuantas carpas de circo y cientos de puestos. Había también algunas atracciones mecánicas, una rueda, un carrusel con motos en lugar de caballos, un columpio de vuelo y unos carritos chocones. De los altavoces salían las cumbias viejas, interpretadas por una orquesta de músicos ojerosos que se agitaban sobre una tarima de madera. Costaba abrirse paso. El sudor le daba a las pieles un aspecto lustroso, pero nadie parecía agobiado con el tumulto o el calor.

Fuimos dando tumbos de cuerpo en cuerpo, tropezando con los perros, con los niños, con los vendedores de tamales, con los bultos, con la basura. El suelo estaba enfangado y en algunos tramos se hacía aún más difícil avanzar, dado que había que hacerlo sobre unas tablas de madera que servían para sortear los charcos más profundos. Los feriantes gritaban y en sus casetas se ofrecía casi cualquier cosa. Desde juegos de azar y tiro al blanco con escopetas de aire comprimido, hasta sesiones de striptease, masajes, artesanías, algodones de azúcar, crispetas pintadas con anilinas de colores y licor barato. En muchas de ellas había jaulas con animales recién traídos de la selva. «Tucanes, tucanes», gritaba una niña con desesperación porque las aves ya comenzaban a perder el color de las plumas. RESTAURANTE SIRLEY. PASE Y DÉJENOS ATENDERLO COMO SE MERECE. Encima del imponente tablón donde se anunciaban los platos aparecía la imagen de un pollo muerto y desplumado sobre una bandeja de arroz amarillo. De su cabeza salía una nube en la que se podía leer: SOY EL EXQUISITO ARROZ CON POLLO DE SIRLEY. PRUÉBAME AQUÍ. CASETA 108. Resignado a caminar al paso exasperantemente lento de los demás, me quedé observando el letrero del restaurante. Era una imagen extraña y poderosa. Un gran cadáver de pollo, crudo y sin plumas, postrado sobre su cama de arroz. Voluntariamente o no, y a pesar de la evidente falta de realismo, por la composición y sobre todo por la naturalidad con que estaba representada la extenuación de los músculos —a medio camino entre la languidez burlona y el acogimiento beatífico de la muerte, todo gracias a un delineado muy elemental pero no menos ingenioso— el artista había conseguido que su cuadro dialogara con las viejas imágenes de los descendimientos. El efecto estaba potenciado gracias al delicado aura que circunscribía el cuerpo y en el que centelleaban los plateados y naranjas. El rostro del pollo, con los ojos y el pico piadosamente cerrados, era el escenario idóneo para que la consciencia se manifestara: SOY EL EXQUISITO ARROZ CON POLLO DE SIRLEY. PRUÉBAME AQUÍ. CASETA 108. El tono de esa declaración póstuma tenía algo de la grata indiferencia hacia los padecimientos terrenales que promulgaban algunos santos y otros maestros de la ironía. Aquí la religión se insinuaba por todas partes. Y para ser francos, ante una imagen tan persuasiva uno no podía sino aplaudir la estrategia retórica de la congregación. Alguien dijo que el peso de este mundo sólo se puede aguantar estando arrodillado. No me extrañó tropezar con un grupo de cinco hombres, todos de hinojos, que rezaban fervorosamente con la mirada clavada en el letrero. Alguien dijo también que la religión entra por los sentidos. Nace en ellos y vuelve a ellos después de inventar el alma por el camino.

Nos metimos a una de las carpas de circo. El humo que salía de las parrillas de carbón se había quedado estancado ahí adentro y se disputaba el espacio con las voces, las carcajadas y la música (había altoparlantes colgados de los mástiles que sostenían la carpa). El olor a carne me hizo babear.

El albino tuvo que alzar la voz para poder entenderse con una de las meseras. Al final nos dieron un sitio en el último rincón de la carpa, donde el ruido y el humo se enconchaban y costaba mucho conversar. Antes de sentarnos, envolvimos bien al perro en su sábana y lo dejamos en el suelo. Luego el albino habló con uno de los niños y le pidió que le llevara las buenas nuevas al pastor.

En medio de las mesas se había formado una improvisada pista de baile. Me quedé observando a las parejas. Tenían que bailar muy pegadas las unas a las otras, pero igual se las arreglaban para moverse con mucha maña. La ropa cobraba vida. Todos concentraban los movimientos más intensos en los culos y el torso mientras giraban lentamente sobre su propio eje, arrastrando los pasos, rozándose con los cuerpos de sus vecinos. Por momentos una de las parejas que bailaba en la orilla de la rueda desaparecía en el interior de aquel organismo viviente, sólo para resurgir inesperadamente unos segundos después. El efecto era siempre sorprendente y uno casi sentía alivio de volver a verlos. Asimismo había algunos cambios de pareja, tan sincronizados que quizás se hacían de acuerdo a reglas preestablecidas.

Poco después trajeron la comida. Carne asada con arepas, arroz y fríjoles para nosotros los mayores. Y aparte, para los únicos cuatro niños que no se habían dispersado entre el gentío, una batea de barro negro repleta de papas fritas con chicharrón. Todo chorreado con hogao picante.

La mujer no se acababa de creer semejante abundancia. Comía enterrando los dedos en su montañita de arroz, paleando los fríjoles con un trozo de arepa. Y cuando tenía los carrillos bien llenos nos miraba complacida, sonriendo. Incluso les robó un chicharrón a los niños, que protestaron amargamente.

La gordita punk también engullía sin parar, aunque ella prefería usar la cuchara. Al final todos comimos hasta saciarnos. El negro, muy acalorado y sudoroso, se abrió la camisa, se recostó contra el espaldar de su asiento y estiró las piernas. La gordita se puso a abanicarse con la mano abierta y a intentar soplarse el rostro estirando mucho la mandíbula. Se le abrían tanto los ojos en este esfuerzo que pensé que se le saldrían de los cuencos en cualquier momento y que rodarían hasta la pista de baile, donde serían pisoteados.

—Vamos a bailar —me dijo la mujer, levantándose de su silla. Tenía la cara sucia, llena de manchas de comida y grasa. Sobre una mesa vecina encontré un trapo percudido que olía a lejía. Le limpié el rostro y las manos. Ella se dejó hacer y luego me arrastró hasta la pista de baile. Nos hicimos hueco en la orilla. Yo me moví a regañadientes porque no quería bailar. Además tenía el estómago muy lleno. Ella, en cambio, arrastraba los pies y contoneaba la cadera y estiraba los brazos y se inclinaba un poquito para poder empezar con los giros y hacía como que empezaba a girar pero se devolvía y vuelta a empezar con el giro hacia el otro lado. Y todos esos movimientos, muy acompasados y suaves, quedaban como pespunteados por el contoneo de los hombros. A continuación ella se pegó mucho a mí, tanto que ya no pude ver lo que hacía. Me echó los brazos alrededor del cuello. Eso me obligó a hacer un esfuerzo para seguirle el paso. Poco a poco, empecé a sentir con el cuerpo, entre mis manos, lo que antes había percibido con los ojos. Los amagues de giros, los pasos arrastrados, los hombros, la cintura. La imité y entonces, como sin querer, ya estaba bailando bien—. Yo no soy un fantasma —me dijo al oído—. Ni un monstruo. Soy una persona de verdad. Soy una persona. —No supe cómo reaccionar. Tampoco me atreví a mirarla a los ojos. Sencillamente me quedé pegado a su cuerpo, bailando. Es lo que tiene el baile: no hace falta estar contento para bailar; basta con bailar para ponerse contento. En una de esas, no sé cómo, la rueda nos engulló y empezó a masticarnos con espaldas, culos y codos. Ahí adentro había que apretar mucho los pasos y pegarse a la pareja aún más—. Vos tampoco sos un fantasma —me dijo al oído—: Sos una persona de verdad.

—Somos de verdad —respondí. No sabía qué otra cosa decirle. De repente, me sentía casi eufórico.

—Si fuéramos fantasmas no habríamos podido comer.

—No somos fantasmas —grité.

—Bailar, sí, porque los fantasmas bailan. Pero comer…

—Cierto.

—¿Qué es lo que vos querés?

—¿Yo?

—Sí, vos. ¿Qué quérés?

—No sé.

—Mentiroso. —Me sacó la lengua sonriendo como una niña.

—¿Y vos?

—Yo sólo quiero que me saqués de aquí. Quiero volver a vivir.

Entonces la bola de gente nos escupió de vuelta a la orilla. Traté de orientarme. Entendí que nos hallábamos en el lado opuesto de la pista. Sin embargo, algo había ocurrido mientras la bola nos tuvo dentro porque toda la atención de los comensales se centraba, ya no en lo que hacían los bailarines, sino en el cielo de la carpa. Dejé de bailar para mirar lo que ocurría. Un niño intentaba trepar por uno de los mástiles que sostenían la estructura. En la parte más alta del mismo había dos gallinas colgadas bocabajo. Pensé que estaban muertas, pero cuando el niño logró alcanzarlas, se pusieron a revolotear muy nerviosas. Todo el mundo aplaudió. El niño bajó del mástil con su premio y exigió que se lo prepararan allí mismo. Las gallinas estaban adornadas con cintas de colores que hubo que desanudar cuidadosamente.

Cuando volvimos de la pista, el albino nos sirvió guarapo frío de una olla. Estaba demasiado fermentado pero igual servía para aliviar el calor. La mujer se bebió cuatro vasos seguidos. Por su parte, la gordita ya parecía completamente borracha. Los ojos se le habían achicado y no dejaba de lamerse los labios. La orquesta tocó «Las caleñas son como las flores». El albino sacó a bailar a la gordita.

Los niños habían perdido todo interés en nosotros y ahora correteaban entre las mesas, disputándose las sobras que conseguían robarle a la gente que abandonada sus asientos para salir a la pista. La carpa entera era una fábrica de placer. Se escuchaban alaridos de dicha, retumbaban las carcajadas, los olores de los cuerpos y la comida se mezclaban. Como en una procesión pagana, las descomunales lechonas asadas, recién salidas de los hornos de barro, desfilaban por encima de las cabezas haciendo brillar sus pellejos lacados. En una esquina, colgado entre dos palos, había un gran letrero que decía: FERIA DE LA SANTA PANCHITA DEL PORVENIR. CRISTIANISMO EN MARCHA. PORQUE SOMOS EL VERBO HECHO CARNE. Las frases estaban compuestas a partir de letras que imitaban el aspecto de unas chuletas crudas y jugosas.

La orquesta empezó a tocar «La pava congona» y la gordita punk nos hizo señas para que nos uniéramos al baile. La mujer regresó a la pista con más ánimos después de tomarse otros dos vasos de guarapo. Yo preferí quedarme sentado. Estaba cansado y me dolían las piernas. La presencia de la gordita punk había modificado el funcionamiento general de la rueda de baile. Ahora la célula tenía un poderoso núcleo alrededor del cual se ejecutaban todos los movimientos. Los otros bailarines, sin embargo, no se lo habían tomado como una intrusión. Antes bien, lo celebraban con aplausos y gritos de júbilo dirigidos a la extraña pareja que completaba el albino. La gorda evidentemente se sentía muy halagada. Daba gusto verla.

La mujer se había situado un poco por fuera de la rueda de baile, moviéndose como una posesa, ajena a lo que ocurría con el núcleo. Sus contoneos epilépticos ni siquiera seguían el ritmo de la música. De pronto, como una maquinita a la que se le acaba la cuerda, paró en seco. Desorientada, miró para todas partes y se fue a recostar en uno de los mástiles de la carpa. Cerró los ojos y dejó que una de las luces le diera de lleno en la cara. ¿Así que eso era todo? De acuerdo, ella quería salir, había emprendido el viaje quién sabe cuándo y por qué motivo, había cruzado varias fronteras y tal vez acababa de toparse con una última que le había devuelto un reflejo, una añoranza o lo que fuera. Entonces quería regresar, desandar el camino y me había elegido a mí para que le ayudara. Consideré su pregunta. ¿Qué quería yo? De nuevo el tapiz de imágenes desenvolviéndose rápidamente delante de mis ojos abiertos. La mujer y yo en la casa familiar, comiendo en el jardín. Es de noche. Flores amarillas sobre el cristal de la mesa. Un perrito de aguas que da saltos. Suena el teléfono. Ella se levanta a contestar. Tiene un vestido de color negro. Es un vestido de mi hermana, pero originalmente era un vestido de mi madre. Ella entra a la casa. Desaparece unos segundos hasta que vuelvo a verla por la ventana, pegada al auricular del teléfono e iluminada por la luz blanca de los flexos. Me aburro. Me levanto de la mesa y empiezo a caminar por el jardín. Me acerco al perro, que bebe agua de un charco, y le doy palmaditas en el lomo. *Te llaman al teléfono*, grita la mujer. Entro a la casa y contesto. *Aló. ¿Quién es?* Nadie responde. El perro ladra. Noche de luna. Por la ventana entra el olor de los jazmines. Cuelgo. *Quién era*, grito. La mujer no responde. Cuando regreso al jardín ella está sentada a la mesa leyendo un libro de tapas rojas. La mujer lame las hojas del libro. *Qué hacés*, pregunto. Ella me enseña el libro. Ahí ha crecido ya la vagina. La vagina se abre y se cierra. Luego dice: *Te llaman al teléfono*. El perro da saltos. Suena el teléfono. Es un vestido de mi hermana. Me acerco al perro que bebe agua de un charco. Entro en la casa y contesto. La vagina me lame la cara pegada al auricular.

Apagué voluntariamente las imágenes. Alguien dijo que la imaginación nunca se muestra tan limitada, tan pobre y timorata como cuando tenemos que proyectar la vida conyugal. En esas proyecciones es inevitable que las mujeres se conviertan tarde o temprano en guardianas o carceleras. El monstruo adopta la forma de una amenaza que repta sutilmente y pone en juego la consistencia del sueño. El monstruo es el adulterio o la enfermedad, nunca la revolución, que ya no forma parte de las opciones disponibles. El rango se estrecha como un esfínter y a lo sumo se nos permite cultivar en secreto una vida salvaje, alguna dependencia, alguna fantasía, una parafilia grotesca, episodios controlados de abyección que sirvan para mitigar el tedio. ¿Era eso lo que yo quería? ¿A eso se refería ella con «volver a vivir»? ¿Ponerse en manos de mi paupérrima imaginación, de mi incapacidad para concebir algo distinto, algo nuevo? ¿Qué quería yo? Lo único que supe con claridad es que, sólo o acompañado, ya no volvería nunca más a poner un pie en mi casa. Porque mi casa era el horror, mi casa era la pesadilla. A partir de entonces todo sería intemperie. A partir de entonces sólo caminaría hacia adelante. Ya no habría regreso. Había que dejarlo todo atrás. No volver, ni siquiera después de reunir la fuerza necesaria para deshacerme de las cosas. Las cosas eran lo de menos. Yo no quería volver nunca. Y no por el dolor. Yo no sentía ningún dolor. Sólo sentía indiferencia, pero no como algo negativo, no como una ausencia de sentimientos, sino como una facultad para comprender todos los sentimientos a la vez. En la renuncia estaba la tranquilidad. La sola idea de que yo era el último de la familia, de que después de mí no vendría nadie, me reconfortaba. ¿Qué haría con la mujer? No sé, ya se vería. Tampoco me importaba tener respuestas para todo. Sólo era cuestión de dejarse arrastrar por la vida, aceptar cierto ritmo, bailar y asunto resuelto. Bailar y sonreír.

Un hombre se acercó a mi mesa. Dijo algo pero no le entendí. El rostro cincelado terminaba en un traje ostentoso de color gris. Un indio bajito pero bien compacto.

—¿Me acompañan? —repitió.

—¿Adónde? —pregunté—. ¿Quién es usted?

—Me envía el pastor. Quiere verlos. Y traiga eso —contestó señalando el bulto.

El albino se acercó a la mesa para saludar al indio. Se dieron un abrazo más propio de pandilleros que de fanáticos de Jesucristo. Luego vinieron la mujer y la gorda y salimos todos juntos.

Se había puesto a llover nuevamente. Aunque muchos corrían a refugiarse, la mayoría seguía andando con normalidad por entre los puestos. A lo sumo se protegían con chuspas plásticas.

Apeñuscados los cinco bajo un par de paraguas que el indio había conseguido no sé dónde, atravesamos la feria entera. Vi a muchos borrachos tirados en los grandes lodazales, ajenos al aguacero que les caía encima. Vi a unos seres harapientos vaciándoles los bolsillos. Vi a un grupo de perros fornicando en un rincón. Lo hacían como sin ganas, los machos turnándose en riguroso orden para atender a las únicas dos hembras, que se habían quedado hipnotizadas, temblando bajo la lluvia.

Un buen rato después llegamos a un sector mucho más despejado, donde había otra carpa que aparentemente sólo se diferenciaba del resto porque era tres o cuatro veces más grande.

El indio nos hizo pasar.

—Esperen junto al altar —dijo.

8

Por dentro el lugar era como un circo, con cientos de bancas dentro de un espacio cóncavo en cuyo fondo había una tarima. La luz era muy tenue. Bajamos por uno de los claros alargados que dividían las filas. Las patas metálicas de las bancas estaban bien fijas en el suelo de cemento. Se notaba que se habían esmerado mucho acondicionando el lugar para poder celebrar allí sus ritos. Llegamos al pie de la tarima que, supuse, debía de ser el altar al que se había referido el hombre con pinta de guardia de seguridad. Allí encima se encontraba el fetiche, el mismo que había visto en la mesa de noche del albino, sólo que mucho más grande. Era una figura femenina de unos tres metros de alto, hecha de madera y con el aspecto de un ama de casa humilde, mestiza y alegre como muchas de las mujeres con las que me había cruzado en ese barrio. En el interior de su caja torácica, protegido con puertas de cristal, llevaba un aparato que parecía un equipo de sonido, con varias caseteras conectadas a un circuito central lleno de pequeñas palancas y botones. La estatua tenía la boca abierta, unos vivaces ojos de cristal negro y los brazos abiertos. Parecía estar declamando un poema o cantando. Sus piernas estaban cubiertas de papelitos de colores adheridos a la madera con alfileres. El albino y la gordita punk se arrodillaron para rezar delante del fetiche. Al acercarme un poco más vi que los papelitos eran en realidad exvotos con pequeñas pinturas en las que se agradecían los favores recibidos: salud para los familiares, el regreso de un desaparecido, la resurrección de un muerto, el regreso de una mujer que se había ido a trabajar al extranjero, buenas calificaciones, suerte en un negocio, la venta de un animal. A los pies de la estatua había ofrendas de golosinas, montoncitos de lentejas, tabaco, copitas de licor y hojas de coca.

Las gotas de lluvia producían un suave tamborileo sobre el techo de la carpa. Se escucharon dos truenos. Cuando vi que las luces titilaban por unos segundos me quedé en vilo, atento a una amenaza abstracta. Tenía los nervios de punta. Necesitaba descansar de una vez por todas, acabar lo antes posible con toda esta estúpida aventura y encontrar un sitio donde echarme a dormir durante días, antes de seguir escapando. Necesitaba tiempo para planear algunas cosas. Sacar del banco los pocos pesos que me quedaban, conseguir un carro, fijar una ruta…

—Señores. —La voz retumbó por todo el espacio. Miré alrededor intentando encontrar la fuente—. Aquí. Aquí.

El hombre estaba de pie sobre una de las bancas de la zona más alta. Desde donde me encontraba, en lo más profundo del hueco, no se le veían bien las facciones. Una bolita de puntos y líneas de colores oscuros sobre la cual se agitaba un brazo.

—Vengan, rápido.

Trepamos por uno de los claros. A medida que nos fuimos acercando conseguí ver que era un anciano negro muy delgado, con el pelo gris cortado a cuchilla, bien afeitado y los ojos casi ocultos en medio del pellejo cuarteado. Estaba vestido con ropa blanca y holgada, como un cortero de caña de azúcar o como un cimarrón próspero. Incluso llevaba al cinto un machete.

—¡Mire nomás cómo le dejó la cara! —me dijo—. ¿No le duele?

—No.

—Yo soy el pastor, mucho gusto.

—Mucho gusto.

Me habló sin darse ninguna importancia, como ocultándose detrás de su voz gruesa y su dicción cuidadosa.

Salimos de la carpa por un pliegue abierto en la lona para ese propósito. Supuse que estábamos en la parte trasera de la carpa porque no había ningún rastro visible de la feria, que de todos modos seguía presente como una masa de ruidos. Por delante apenas teníamos un barrizal del tamaño de una cancha de fútbol surcado por la silueta negra de la montaña en la que, desafiando el sentido común, también había algunas luces. En medio de aquel barrizal se alzaba una carpa de circo con aspecto de tienda de campaña militar.

El aguacero era más fuerte de lo que había supuesto al sentir el tamborileo de las gotas. De pronto, el anciano se echó a correr por el barrizal. Su cuerpo era tan delgado y sus movimientos tan etéreos que me hicieron pensar en un hada. Más que correr parecía flotar un palmo por encima del barro.

Los demás dudamos un instante antes de seguirlo, pero al final saltamos al aguacero, olvidándonos de los paraguas.

Corrimos hasta la carpa pequeña.

Una vez adentro, empapados, nos dejamos estar a la luz de unas velas que llevarían horas derritiéndose, asesando después de la carrera. Mis pantalones y mis zapatos se habían llenado de barro. Puse al perro en el suelo y empecé a mover los brazos para desentumecerlos.

El viejo agarró el bulto, lo apoyó sobre una mesa de madera que chirrió como si se fuera a desbaratar y desenvolvió al animal, que quedó echado sobre la sábana desplegada como un trozo de comida recién servida. No parecía muerto. Por un instante creí que despertaría y saldría huyendo despavorido de la pesadilla.

—Qué oscuro está esto —dije. Ninguno respondió. Los ojos brillaban como pescados frescos.

El viejo se puso a toquetearle la panza al perro con las yemas de los dedos. Luego agarró una de las velas y se fue a un rincón donde se dedicó a manipular una caja de fusibles.

—Desde esta tarde, por culpa del aguacero, me quedé sin luz —dijo—. Pero ya está casi solucionado.

Todos guardábamos silencio, un poco aturdidos.

—¿Trajo lo que le pedí? —preguntó el viejo sin dejar de mirar lo que estaba haciendo.

—Claro —contestó el albino—. Y es del bueno.

—Al fondo, en el armarito de metal hay vasos limpios.

El albino se levantó sonriente, dio dos pasos de baile y se perdió en lo oscuro.

—¿Y usted? —le preguntó el pastor a la mujer, retorciendo un cable con el alicate—. ¿Otra vez por aquí?

Por el gesto ausente, creí que ella caería en la cuenta de algo y respondería en consecuencia, pero al final sólo se encogió de hombros.

—Hacía tiempo que no nos visitaba —insistió el pastor poniendo en sus palabras un retintín irónico y cariñoso.

—Es que estaba ocupada —contestó ella.

—Mucho trabajo, me imagino.

—Estaba en el hospital.

—¿Enferma?

—No.

El pastor dejó de apretar el cable por un momento para mirarme a los ojos con un gesto cómplice. Frunció el ceño y volvió a lo suyo, sonriendo en parte para mí y en parte para sí mismo.

—Aunque esta vez tengo que agradecerle a Dios por su visita —añadió él—. Si usted no hubiera traído a su amigo aún estaríamos en ascuas.

En ese momento volvió el albino con los vasos y sin dejar de dar saltitos y pasos de baile, tarareando en voz baja, nos sirvió aguardiente a todos. El pastor me invitó a que nos acercáramos a la mesa para brindar.

—Por usted —me dijo levantando el vaso a la altura del rostro.

—Por usted —repitió el albino.

Me lo bebí de un solo trago. Otra vez el latigazo de horror comprimido. El cansancio transparente, lúcido. El albino se apresuró a rellenarme el vaso y se quedó esperando a que yo lo volviera a vaciar para llenarlo de nuevo. Me tomé cuatro de seguido. El estómago se me recalentó. Sudor, escalofrío, los párpados pesados. Sentí claramente cómo mi cuerpo se asomaba a la posibilidad del desmayo y cómo al final optaba por mantenerse aún más despierto, envalentonado por el alcohol.

—Corren días malos —dijo el pastor—. Días oscuros, días de diluvio. Por eso es tan importante que haya venido justo ahora. Usted es una bendición.

—¡Brindemos! —propuso el albino rellenando los vasos.

—¡Salud!

—¡Salud!

—Hay que darle gracias a Dios por su generosidad. Dios nos da vida, nos da amigos, nos da la oportunidad de superar las adversidades porque mientras hay vida hay esperanza. ¡Salud! ¡Y que viva la Santa Panchita!

Cuando ya no quedó ni una gota de aguardiente en la botella, el pastor y el albino se pusieron a trabajar de nuevo en la instalación eléctrica y al poco rato conseguían poner la luz. El amplio interior de la carpa apareció a nuestro alrededor, austero y despejado. Las polillas no tardaron en empezar a revolotear alrededor de los bombillos encendidos. En el suelo de cemento había varios ejemplares muertos. Aparte de ese detalle todo estaba muy limpio. El mobiliario consistía en la mesa donde se hallaba el perro, una cama, cuatro sofás desvencijados, dos armarios viejos de madera fina, una mesilla con una grabadora vieja y una estantería a la que me acerqué para curiosear. No encontré ni un solo libro de teología o filosofía. Sólo había decenas de manuales de mecánica y electrónica, novelas de detectives y montones de folletos de propaganda de la congregación.

El albino y el pastor cuchicheaban ante la mesa, manoseando el cadáver del perro. La mujer y la gordita punk se habían sentado en el borde de la cama y compartían un cigarrillo sin cruzar palabra. La mujer no sabía fumar y la gorda se burlaba al verla toser.

Yo me puse a hojear los folletos de propaganda. Casi todos estaban dedicados a explicar los planes a largo plazo: escuelas, comedores populares, puestos de salud. Otros hablaban de la importancia de aportar un diezmo trimestral y se explicaba detalladamente cómo se usaba ese dinero en mejoras para el barrio o cómo se invertía un gran porcentaje en una especie de pirámide financiera que multiplicaba considerablemente los ingresos de la congregación.

Por último, unos cuantos folletos incluían sólo series de viñetas coloridas a través de las cuales se narraban las hagiografías y demás milagros importantes para la comunidad. No había ningún rótulo explicativo y las páginas estaban llenas de detalles alegóricos cuyo significado me fue imposible adivinar. Y aún así, la acción descrita en ellas era tan explícita que podía reconstruirse fácilmente el relato. Una de esas historietas tenía un título sencillo: *La Santa Panchita, Nuestra Señora*. Al principio había una casucha de bahareque y techo de paja a orillas de un río de color rojo oscuro. En esa casucha vivía una ancianita. Era de noche. La luna era una cabeza con rasgos porcinos, risueña y húmeda, que se rascaba la espalda contra unas nubes con una textura similar a la de las toallas. Las gotitas de luna caían sobre el paisaje de sombras. La anciana estaba sola, abandonada en ese planeta siniestro. El río bajaba lleno de cadáveres, o más bien, de cuerpos descuartizados. Los trozos de cadáveres eran la única compañía de la ancianita. Los trozos de cadáveres eran su sustento. La ancianita se alimentaba de los corazones, manos, piernas, cabezas y costillares que el río arrastraba prácticamente hasta la puerta de su casa. La ancianita cantaba pero nadie escuchaba su canto. Los muertos no escuchaban, sólo querían hablar y hablar y hablar. La anciana echaba los huesos de los muertos en el bosque, donde iban formando una gran pila que lanzaba horribles carcajadas cuando soplaba el viento. La ancianita necesitaba desesperadamente alguien con quien hablar, alguien que escuchara su canto. Así que decidía fabricar a una persona entera que le hiciera compañía. Con paciencia, a lo largo de muchos días, recogía los miembros necesarios. Luego se sentaba en una mecedora y empezaba a coserlos con hilo y aguja a la luz de una veladora. En ese planeta nunca se hacía de día y el río bajaba cada vez más rojo. La anciana usaba las gotas de luna y unas hierbas para insuflar vida en el cuerpecito que había cosido. El cuerpecito despertaba. La luna con cara de cerdo brillaba feliz y su leche se escurría sobre el paisaje, llenándolo de color por unos instantes. A pesar de la gran cantidad de remiendos, a todos los vecinos de la comarca les parecía una niña muy bonita, con los ojos grandes, el pelo negro y la piel roja como el río. La niña empezaba pronto a hacer milagros: resucitaba a un ternero muerto, caminaba por los aires, atravesaba los espejos, hablaba con las aves. Ahora la ancianita cantaba y la niña aprendía en esos cantos a arar la tierra, a contar cuentos en verso, a curar a los enfermos, a ayudar a los débiles. Vivían felices durante muchos años. Pronto la niña crecía y dejaba de ser una niña, su piel se volvía de color violeta. Se convertía en una mujer a la que todos llamaban la Panchita.

Una noche cualquiera llegaba un grupo de hombres y mujeres uniformados. Eran los que iban sembrando la muerte por todo aquel planeta. Tenían los dientes y las uñas pintadas de negro. Esos hombres y esas mujeres descuartizaban a la abuelita y echaban los miembros al río. El río debía cargar con todos los muertos, pero el río no decía nada, sólo rugía en su idioma de río, el río era rojo y sus piedras eran negras. Los huesos chocaban contra las piedras y producían una música de color rojo, negro y blanco que se elevaba por el aire. La panchita lloraba a la orilla del río y sus lágrimas se volvían bolitas de hueso que el río hacía chocar contra las piedras negras, produciendo redobles y melodías felices. Y cuando los hombres se disponían a descuartizarla a ella también, la Panchita conseguía huir, volando sobre las copas de los árboles y esquivando las balas. Los hombres y mujeres uniformados aullaban de furia. La luna con cara de cerdo se ocultaba detrás de su toalla de nubes.

La Panchita se dedicaba a viajar por todo el planeta, prestando su ayuda a los pobres, curando a los enfermos, cantando las canciones de su abuela y lo más importante, recogiendo historias que luego iba contando de pueblo en pueblo. Unas cuantas viñetas más adelante su piel se volvía de color cobrizo y las cicatrices de las costuras ya habían desaparecido por completo.

Entonces venía una parte de la historieta donde el relato se hacía un poco más confuso. Había una montaña alrededor de una ciudad con muchos rascacielos. A esa montaña le iban creciendo casitas. Una, dos, veinte, mil casitas. Esas casitas formaban un barrio. Cientos de personas acudían en fila a trabajar en una fábrica que aparecía al pie del barrio. Entre esas personas estaba la Santa Panchita. Luego se veía a la Santa Panchita arengando a unos trabajadores. Luego a la Panchita contando cuentos delante de unas señoras que se partían de risa. Luego a los trabajadores de la fábrica formando un sindicato. Luego a la Panchita bailando, a la Panchita bebiendo, a la Panchita grabando los casetes. Luego a la Panchita casándose con un hombre negro. Luego a los dueños de la fábrica entregándole fajos de dólares a los mismos uniformados que habían descuartizado a la abuelita de la Panchita.

Finalmente había tres viñetas a página entera: la primera ilustraba el martirio de la Santa Panchita a manos de los uniformados. Otra, su multitudinario entierro. Y la última, la creación de la

Congregación por parte del esposo de la Santa Panchita, que aparecía sonriendo delante de una carpa de circo, vestido con traje de esclavo liberto y empuñando un machete. La luna con cara de cerdo volvía a salir de su escondite y también sonreía. Una multitud de fieles entraba a la carpa de circo, cantando y bailando.

Terminé de mirar el folleto y al alzar la vista me encontré con que el perro estaba sobre la mesa con las tripas afuera. El pastor y el albino le habían rajado la panza con un cuchillo de carnicero y ahora escarbaban en su interior.

El albino me miró con cara de estar pasándoselo muy bien. El pastor, en cambio, siguió hurgando con ayuda de unas pinzas sin prestar atención a mis gestos de asombro.

De repente una mano, enfundada en un guante de látex, surgió del interior del perro sujetando el extremo de una tira delgada de color negro. Tardé un poco en darme cuenta de que era una cinta de casete.

—¡Aquí está! —dijo el pastor—. ¡Yo sabía!

El albino realizó una incisión profunda en el intestino donde el otro había hecho el hallazgo. La cinta entera apareció ante nuestros ojos vuelta un ovillo. Los dos hombres, estupefactos delante del perro destripado, miraron ese nudo como si se tratara del hueso de un santo.

9

A continuación lavaron la cinta con agua y jabón y se dieron a la engorrosa tarea de desenredarla, sentados el uno junto al otro. Parecían dos costureras piadosas.

Afuera no escampaba. Al contrario, los goterones hacían tanto ruido que yo temía que pudiera venírsenos encima toda la carpa. El resplandor de los rayos se metía por las rendijas de la lona y nos espantaba la borrachera por unos segundos. Luego venían los truenos, que hacían vibrar los mástiles en los que se apoyaba la estructura.

La mujer y la gordita punk seguían fumando en el borde de la cama.

Una vez que hubieron desenredado la cinta, el albino la enrolló de vuelta en una carcasa vacía y se la entregó al pastor, que se aproximó a la mesilla donde estaba la grabadora. Metió el casete. Tardó unos segundos en decidirse pero acabó presionando el botón de reproducción.

Lo que vino entonces fue sólo una sucesión de estallidos, frotaciones, gritos, fricciones, crujidos, fonemas amputados, murmullos, balbuceos, reverberaciones y, de vez en cuando, largos silencios en los que el zumbido magnético de fondo se volvía como el rumor del océano en la distancia y se confundía con el ruido del aguacero —no con el que seguía castigando la carpa sino con el suave ardor del barrizal—.

El albino se había quedado abatido, tapándose el rostro con las manos, mientras el pastor seguía paralizado delante de la grabadora. No acababa de dar crédito a lo que escuchaba.

—El maldito animal —repetía—. El maldito animal. Se borró. Está todo borrado.

Yo estaba de pie, frente a la estantería, sin saber qué hacer. La gordita punk no entendía nada y nos miraba a todos pidiendo explicaciones.

—Habrá sido por los jugos gástricos —dijo la mujer entre toses, con el cigarrillo en la mano.

El pastor apagó la grabadora y se fue a sentar en uno de los sofás. El albino sacó, no sé de dónde, otra botella de aguardiente y nos llenó los vasos a todos. Luego se sentó junto al pastor. Los dos rostros, el claro y el oscuro, produjeron casi a la vez el mismo gesto de preocupación.

—¿Qué es lo que pasa? —pregunté en voz baja, intentando no ser imprudente.

—Esto es grave —dijo el albino después de darle un sorbo a su vaso.

—La cinta era una de las pocas grabaciones originales de la Santa Panchita —intervino el pastor—. Este perro aprovechó un descuido mío para comérsela. Y ahora está borrada.

La mujer, aparentemente indiferente, insistía en aprender a fumar.

—Y ahora, ahora… —continuó el pastor—. No sé qué le vamos a decir a la gente.

—¡Nos lleva el Viruñas! —gritó la gorda en pleno ataque de pánico. El albino tuvo que acercarse a ella para calmarla.

—No sé qué vamos a hacer —dijo el viejo, bebiendo con aire ausente de su vaso.

Fue entonces cuando la mujer empezó a reírse. A reírse y a reírse y a reírse. Su risa sonaba como un saco lleno de cristales rotos. Soplaba el humo. Tosía. Se reía. Tosía. Se reía. Todos la miraron perplejos.

—¿Pero acaso la gente no puede entender? —dijo—. ¿Acaso no van a entender que todo esto es un accidente?

El pastor estaba incómodo. Era obvio que se sentía irrespetado en su propia casa.

—En serio. En serio —repetía la mujer, que a duras penas podía contener su risa—. En serio. Es un accidente divino. Una nueva manifestación de la providencia. Además, yo, que he escuchado los casetes de la Panchita mil veces, yo puedo dar fe de que este ruido es más bonito, mucho más bonito que cualquier cosa que pudiera estar grabada en la cinta antes.

—¡Basta! —dijo el albino. Pero la mujer estaba desbocada.

—¡Este ruido es sagrado! —proclamaba ella entre carcajadas y temblores de éxtasis—. Yo lo declaro oficialmente. Este ruido es sagrado. Este ruido es mejor que cualquier oración y mejor que cualquier parábola. Este ruido es lo verdaderamente divino.

—¡Cállese! ¡Cállese ya! —levantó el albino su vozarrón de negro hasta aplastar la voz de la mujer—. ¡Este culto, el culto de la Santa Panchita no es ninguna pendejada! ¡Vivimos de lo que la Panchita nos contó! ¡Sus historias son lo que reconstruimos y compartimos! ¡Así nos lo enseñó ella y así debe permanecer! ¡No podemos hacer esto con gruñidos!

—¿Y por qué no? ¿Por qué no? ¿Ah? Teteteet. Jajaja. Popopopop. Wacacaca cawa caca cac. Sumurucucu. Sumurucucu. Cucu. Cucu. Cucu. CCcccccaaaaa sssooooooooo wwwwiiiiiii pppppfffffff. Ketaketaketaketa. Marrrrrraketaketaketa.

El pastor, que había seguido con atención mis reacciones —y por tanto me había visto sonreír con los espasmos de la mujer—, optó por ensañarse conmigo:

—Claro, a usted le resulta raro y hasta absurdo tanto escándalo por un casete.

Intenté balbucear una excusa pero él no me dejó hablar y se levantó del sofá, muy airado. Fue tan vehemente que la mujer, repentinamente asustada, paró de burlarse.

—Para usted, que no cree ni en su sombra, esto debe de ser poco menos que un espectáculo grotesco. Y, sin embargo, no lo es, señor. No lo es. La fe de nuestra iglesia está basada en sacrificios muy elevados. Nos ha costado mucho construir lo poco que tenemos, mucha sangre y mucho sudor. En cada ceremonia los evangelios ampliados vuelven a la vida y se reintegran al aire, de donde vinieron, gracias a la Santa Panchita, que toca los casetes para todos nosotros. ¡Estos casetes son sagrados! ¡Sagrados! ¿Sabe usted lo que significa algo sagrado? ¡No! ¡No! ¡La gente como usted ya no lo sabe! ¡Ignorantes! ¡Ignorantes! ¡Malditos perros ignorantes! ¡Creen que su ateísmo de pacotilla los salvará! ¡Me dan pena! ¡Me dan mucha pena! ¡Se creen más astutos que las personas fervorosas y humildes que le temen a Dios! ¡Pobres diablos! ¡Son unos pobres diablos!

El pastor se rio con unas carcajadas que me pusieron la carne de gallina. Todos, incluida la mujer, lo escuchaban con reverencia. Un relámpago.

—¡Me dan pena! ¡Pobres diablos! ¡Le dan la espalda a Dios! ¡Creen que el mundo es inteligible! ¡Pobres diablos!

El trueno. La vibración de los mástiles de la carpa. Hacía rato que yo había renunciado a defenderme. Sólo esperaba. El pastor desenvainó su machete y lo blandió en alto. La violencia le atravesaba todo el cuerpo.

—Yo podría ajusticiarlo aquí mismo si así lo considerara pertinente —dijo—. Podría hacer con usted lo que me dictara mi machete. Y mi machete me dice que debería partirlo en pedazos y meter los pedazos en un costal y luego echar ese costal al río. Su falta de respeto amerita un castigo ejemplar. Merece que lo eche en el mismo costal con el perro. ¿Es así como quiere acabar esta noche, amigo? ¿Quiere dormir en el fondo del río con el perro? ¡Responda!

—No, señor.

—¡Entonces demuestre respeto! ¡Demuestre respeto por esta comunidad y no nos mire con esa conmiseración, como si estuviéramos locos! ¡Nosotros no estamos más locos que ustedes!

—No era mi intención ofenderlo.

—¡Ya sé que no era su intención, carajo! ¡Ya lo sé! ¡Ustedes nunca obran con mala voluntad, todo lo hacen sin querer, precisamente porque ya no tienen voluntad propia! Sólo se tiene voluntad si se tiene fe. Y ustedes no tienen fe, sólo tienen confianza y por eso mismo sólo tienen desconfianza.

—Le pido disculpas de todo corazón —dije poniéndome la mano en el pecho. El hombre me miró a los ojos durante un par de segundos y entonces dejó escapar un suspiro. Luego, con un gesto displicente, arrojó el machete sobre el sofá.

—Váyase, por favor —me dijo—. Usted no es el problema. Usted sólo es un ave de mal agüero, un pobre diablo, un buitre sucio. El problema es saber lo que les voy a decir a los fieles mañana, cuando escuchen este ruido. Ese es el problema. No usted. Váyase, si es tan amable. Váyase. Y llévese a la puta.

Pero no nos fuimos. Al menos no de inmediato porque, mientras nos preparábamos para salir al aguacero, buscando bolsas de plástico para envolvernos, se volvió a cortar la electricidad. El pastor corrió a encender las velas otra vez. El albino salió de la carpa para asomarse al exterior y evaluar el daño. Regresó con malas noticias: un cable de alta tensión se había caído con la tormenta y, por lo que se atisbaba desde allí, medio barrio estaba sin luz, incluida la feria.

—Nos lleva el Viruñas —dijo la mujer parodiando a la gordita punk, que a todas estas parecía un mueble con vida entre la penumbra de las velas, inflándose y desinflándose con nerviosismo.

—Bien, bien —dijo el pastor volviendo a su lugar en el sofá—. Más vale que nos calmemos. Estamos todos muy excitados y medio borrachos. Cuando escampe ya veremos qué se puede hacer.

Por un momento no supe si eso también iba dirigido a la mujer y a mí, pero el albino me sacó de dudas con una de sus oportunas sonrisas.

—Vengan —dijo—. Es mejor que esperemos todos juntos.

Moviéndonos casi a tientas, cada uno encontró su sitio en los sofás. La oscuridad y el sonido de la tormenta formaban un huevo acogedor alrededor de nuestros cuerpos. Hacía un poco de bochorno. La mujer se recogió el pelo dejando su pescuezo sudoroso al descubierto. El perro seguía en la mesa con las tripas al aire. Bebimos de nuestros vasos en silencio.

—Con su permiso… —dijo el albino dirigiéndose al pastor—. Con su permiso… iba pensando, yo estaba pensando hace un rato…

—Sí… —lo espoleó el viejo, impaciente.

—Bueno, venía pensando que podríamos grabarlo a él.

—¿A él?

—Sí, claro, yo sé que no es de la comunidad. Pero a mí me pareció milagroso que hubiera matado al perro con sus propias manos. En un principio eso fue lo que pensé, que la historia era lo suficientemente buena para hacer un evangelio. Pero luego…

—No veo cómo…

—Con todo el respeto debido, se me ocurrió luego que si lo grabábamos a él contando su historia podríamos… Si él cuenta su historia y cuenta cómo y por qué mató al perro podemos hacer una parábola. Una parábola que serviría de complemento al casete que se le sacó de las tripas al perro.

—¿La parábola de cómo dejé que un perro se comiera la voz de la Santa Panchita? No diga sandeces, hombre.

—No, no lo vea así. Mire: esto es un milagro. La voz de la Santa Panchita no se ha destruido. Ha pasado a un estado nuevo. La Panchita quería decirnos otra cosa.

—¿Se da cuenta de que le está dando la razón a la loca? De aquí a que todos los fieles acaben rebuznando en la capilla…

—No sé, no sé. Lo mismo la loca tiene razón. El caso es que estaríamos contando una historia. De un modo raro, sí, pero seguiríamos en el legado de la Panchita, ¿entiende? Sería la historia de cómo la voz de la Santa Panchita pasó a otro estado en el que intentaba comunicarnos otra cosa y no la misma historia de siempre.

El pastor amasó las palabras del albino en silencio y la mujer me miró con una sonrisa triunfal.

—La idea no es mala —continuó el viejo—. Como excusa, quiero decir. Pero abriríamos una caja de truenos. A partir de ahora cualquier cosa podría ser un evangelio. La gente se pondría a grabar ruidos imbéciles. No faltará el bromista que empiece con los eructos, los pedos o lo que sea. Corremos el riesgo de ver cómo la doctrina naufraga en el caos.

—Usted no me...

—Y luego está la cuestión de ese ruido, claro. Tendríamos que pensar bien lo que vamos a hacer con él, cómo vamos a interpretarlo. Ahí residiría la clave para evitar las vulgaridades.

—No, no, usted no me ha entendido del todo. Lo que yo digo es que ese ruido es por sí sólo un evangelio. Sólo hace falta rodearlo del cuento adecuado, es decir, la historia de este señor, para que la gente lo aprecie como tal. O sea, como un evangelio, y no como uno cualquiera, sino como un evangelio supremo, un ruido único, irrepetible, sagrado. El relato del señor sería como el negativo del relato que de verdad nos importa. No tenemos por qué controlar el significado del ruido. Y si lo piensa bien se dará cuenta de que, en cierto modo, ya funcionamos así con los evangelios normales. Nos los vamos pasando de unos a otros sin que importe demasiado lo que quieren decir. Usted mismo insiste una y otra vez en el hecho de que este mundo no es inteligible.

—En eso último tiene razón. El mundo es idiota.

Un relámpago blanco rompió por un segundo el huevo en el que nos arrellanábamos. El trueno hizo que la mujer se estremeciera.

—Tengo sueño —me dijo ella al oído.

Los dos hombres ya empezaban a desfallecer. Hartos de tanto parlotear, el albino y el pastor cavilaban en silencio, dedicados sólo a emborracharse. La gordita punk ya dormía recostada sobre el brazo de un sofá en el que sólo había sitio para ella.

Hacía rato que la tormenta representaba una amenaza real, incluso para los que estábamos bajo techo. El agua se colaba por todas partes. Pequeños riachuelos pasaban lamiendo el suelo de cemento y arrastraban hasta nuestros pies cadá-

veres de insectos, palitos y otras pequeñas mues-
tras de un mundo exterior que se iba haciendo
cada vez más extraño. Pero estábamos demasiado
cansados, demasiado borrachos para hacer nada.

—¿Estaría dispuesto a colaborar con nosotros?
—me preguntó el pastor, la dicción muy afecta-
da por el alcohol.

Algunas de las velas ya se habían consumido.
La oscuridad era casi total.

—Puedo contar mi historia, si es a lo que se refiere —dije.

—Me refiero a eso.

—Entonces no hay problema.

Todos bebían. Nadie hablaba. Podría contar
miles de anécdotas sobre mí mismo si me obli-
garan a ello. Eso ya lo he dicho. También he dicho que todas las historias me parecen triviales e
igualmente válidas. Alguien dijo que no hay nada
que no haya sido dicho antes por otro. Alguien
dijo que la gente que expresa sus ideas como si
fueran originales debe de ser cínica o imbécil. Yo
no era el primero que se encontraba en una situación semejante. Todo este cuento ya había acon-
tecido, todos estos hechos ya habían sido vividos
en otros cuerpos. Estos acontecimientos no eran
más que una paráfrasis sin ton ni son, una sucesión aleatoria de citas desviadas. La posibilidad
del relato pasaba a través de nosotros como un

significado cualquiera que se hospeda temporalmente en las palabras. El relato amenazaba con diluirse y yo temblaba.

Poco después el pastor y el albino se quedaron dormidos, pegados a la botella de aguardiente, todavía medio llena. La mujer no tardó mucho más en caer rendida. Le ayude a ponerse cómoda en el sofá. Mis ojos totalmente abiertos en la oscuridad.

Era una noche perfecta para dormir. Sólo que yo no tenía sueño. Ya no volvería a tener sueño. El calor del alcohol en el estómago me permitía ver nuestro proceso de incubación en el interior del huevo.

Las gotas caían sobre los objetos de madera.

Los truenos ya no despertaban a nadie.

El perro seguía en la mesa.

El huevo negro que nos envolvía seguía envolviéndonos. Y se rompía con el rayo.

Era una noche perfecta para dormir si eras un perro. A los pies de tu amo. Una noche perfecta para dormir en un hogar, respirando el olor del hogar. Pero ahora sólo había intemperie. Era una noche perfecta en un mundo idiota.

Me levanté sigilosamente del sofá. Para no hacer ruido, preferí no echar mano de las bolsas de

plástico. Procuré no chocar contra ningún objeto y llegué a la salida de la carpa. Afuera sólo vi
sombras. Barro. Granizo. Resplandores fugaces
que no arrojaban forma alguna. Di dos, tres, pasos y de pronto ya me encontraba en medio de
todo eso, corriendo.

ÍNDICE

ZUMBIDO SE ACABÓ DE IMPRIMIR
EL DÍA 22 DE AGOSTO DE 2017.

312 - 481 - 9228